imaginist

the
Book
of
Books

想象另一种可能

理
想
国
imaginist

Bouquiner :
Autobiobibliographie

Annie François

读书年代

带上所有的书回巴黎

[法] 安妮·弗朗索瓦 著

俞佳乐 译

广西师范大学出版社

·桂林·

只有巴黎会产生这样一本书。

安妮·弗朗索瓦，巴黎人。一无文凭，二无头衔，默默无闻，曾就职于多家出版社，在阅读中度过了三十年的职业生涯，于 2009 年辞世。

目 录

26
I
00

RUE
FERNAND
RAYNAUD
XV

启蒙：书和床
Liseuse au lit

书和床有密切的联系，在我眼里向来如此。这种意识可以追溯到还不识字的年纪，那时候，一等我跳到小床上，大人们就开始念那些"站着都能把人听睡着"的童话。幸亏有了那些故事，每次我都乖乖上床，从不捣乱生事。

我不喜欢大人们随口讲故事，我喜欢他们念书给我听。我密切留意着书页的翻动，这样，每当我的朗读者耐心耗尽，我就能知道故事的主人公大概跑到了哪一页。大人们总是一会儿工夫就不耐烦了，其实我也瞌睡得要命，但还是会恳求他们继续往下念。

要不为他人的懒惰所累，出路只有一条：自己学会读书。我跟着不同的人学习，领教了千奇百怪的方法，好也罢坏也罢，我一直没能学会他们那了不起的朗读艺术：声音洪亮，抑扬顿挫，从不念错专有名词！（直到今天，我还是会把人名地名念得磕磕巴巴、残缺不全。读俄国小说真是既快乐又痛苦，大串大串的辅音字母减慢了阅读速度。我努力强记那些专有名词，可刚遇到第三个"卡拉马佐夫"就被搅得晕头转向了。尽管如此，这并不妨碍我跃跃欲试地去念那些别具异国情调的关键词：拉斯柯尔尼科夫[1]，迪奥狄华肯[2]，济金绍尔[3]……）

终于有一天，我设法摆脱了困境，看书看到忘了时间，但总会有个威严的声音命令我熄灯睡觉。一天夜里，和所有读书成瘾的孩子一样，我被门缝里透出的光线出卖了，从此被迫转入打着手电筒偷偷读书的地下状态。我整个儿缩在被子里，被窝留出几条缝隙，尽量不闷坏

---

1 "卡拉马佐夫"和"拉斯柯尔尼科夫"均为俄国作家陀思妥耶夫斯基创作的小说的主人公名。
2 迪奥狄华肯，中美洲文明遗迹，位于墨西哥高原。
3 济金绍尔（Ziguinchor），西非国家塞内加尔的西南部城市和河港，为济金绍尔区首府。

了自己。要等到大人们外出，我才能回到地上状态，点上床头灯过过瘾，直到走廊里响起令人心惊胆战的脚步声，才在手忙脚乱中赶紧熄灯装睡。

我享受着这份难得的自由，直到一天夜里我故伎重演，母亲来到床边，想要俯身亲吻我时被夹在床头还冒着热气儿的炽热灯罩烫了个够呛！犯下了这桩滔天罪行之后，我不得不重新缩回被窝里去读书，这一读就是好多年。

总之，我在床上（准确地说是在双腿伸展放松的状态下）度过了最美好的阅读时光。当年趴着，如今躺着，背后稳稳当当垫两个枕头。至于坐着读书，那始终是上学、上班，或者身体不方便时才不得已而为之，一部分阅读的乐趣也随之溜走了。当然，在地铁里看书是个例外。

每天入睡之前，我必须看会儿书，这种"读瘾"根深蒂固——哪怕已经凌晨四点了，不给我来点儿是睡不着的，于是再翻上几页。我的左眼总比右眼先抵达疲劳的极限，就睁着一只眼继续看，直到精疲力尽。我没法儿在读完一章、一段或者一句话的时候见好就收——总要硬撑到最后一秒，往往一个句子还没读完，说睡就睡，像被电击了一样。

书里塞满记忆的标签

Marque-page

我真的没有恋物癖，但就是舍不得在书页上折角，并且怎么都不愿意用书签。久而久之，养成了习惯：翻开书本，随手沿书脊使劲压一压，不看了就倒扣着放，像法语的长音符[1]（借来的书可不敢如此怠慢）。对于精装书，我只好敬而远之，装帧太好就得轻拿轻放、小心翼翼。难怪书架上的精装本永远排得整整齐齐，一副从来没人拜读的样子。

清晨，在地铁里，我任由书本翻到哪一页，即使头一天晚上在半睡半醒之间已经读过了也不介意。忽然之

1　法语长音符（accent circonflexe）标识为 ^。

间，神志清明了，我往后翻十页，翻过头了，再往前翻，终于找到了！这一折腾，地铁至少开过了十站。不管面前站着默不吭声的茨冈流浪汉，或是耳边响起乞讨者理直气壮的一句："打搅您了，我失业了！"——我都无动于衷，或许漫不经心递给他们一些零钱，但目光绝对不会离开书本。又过了一会儿，节奏欢快的手风琴演奏起来，我有点不耐烦了，随身听里泄漏出令人心跳加速的"嘣嘣"声，也吵得我没法继续读书。我起身走向另一节车厢，却忘记刚才看到哪一页，又不得不重新在段落之间徘徊。哦！终于找到了！糟糕，我错过了新桥[1]站！

沮丧归沮丧，我还是坚决不用书签，也不在书页上折角。

不用说，我同样抵触在书上写批注，但有时的确需要做个标记，我就用指甲在有错误的地方或者值得记取的文字下面划一道印子。在地铁里，当我拿着书本朝各

---

1 新桥（Pont Neuf），法国巴黎塞纳河上最古老的桥，"新桥"这个名称是为了从众多连接塞纳河两岸的桥梁中区别出来而取的。

个方向倾斜，或者像阅读布莱叶盲文那样用指端频频触摸页面，企图在厚厚的书页中找出那道指甲印时，邻座都用怀疑的眼神盯着我，就像碰见了一个疯子，我只好暂且作罢。晚上回到家，在卤素灯的强光照射之下，我终于发现了那道神出鬼没的痕迹，但此时已是眉头紧蹙：究竟为什么要这般近乎虔诚地拒绝，又无法抑制地恼怒？

我不愿在书上留下任何字迹——它们不知羞耻地出卖主人，玷污他的满腔热忱，暴露他的阅读习惯。相反，我喜欢那些乍一看令人错愕不解的发现，譬如墨汁般乌黑的一圈咖啡渍，让书页变得透明的油渍。我喜欢有些沙粒落在书里，把书撑得格外丰满。我喜欢打开书本时，三片罂粟花瓣或一朵不知名的野花辗转飘落下来。它们唤醒了记忆深处的某个地点、气味、季节或者某个人，远远胜过任何注解。

在页边的空白处做笔记？坚决反对。但要是一时找不到纸，我会心安理得地翻开最后一页（只在这一页），在上面描画公车里一位妇人的肖像，或者趿拉着凉鞋的我的脚。我也曾蜷缩在阁楼的沙发里，一边啜泣，一边在那一页上写满痛斥弗朗索瓦的文字。

虽然厌恶书签，我的书里却塞满了各种琐碎玩意儿，比如旧时的信笺、购物清单……它们总是伺机透露一些已被遗忘的秘密。把它们从挤挤挨挨的书页里解救出来，这些来自时间深处的不速之客会泄露关于某一天的回忆。往昔短暂地复活了。这感觉奇妙而强烈，丝毫不亚于一眼瞥见某个作家或朋友多年前在书上亲笔题赠的句子。

书有两个生命，它们讲述自己的故事，也见证了我的生活。

债主的光环与悲哀

Prêts

借还是不借，这是一个问题。这意味着将书本从书架上取下来，揭掉封皮，取出里面夹藏的小物件，掸去尘沙，最后，让它们背井离乡。

事实上，借书给别人分两种情况：对方开口，或者我主动献宝。

看到借书人四下里寻寻觅觅的眼睛、在书脊上走走停停的指头，有谁不害怕呢？手指点住一本书，它就被判了死刑。我再也见不到它了。心顿时被揪紧。不，别借这本书。不能借给他。也不能借给她。他们从不记得还，或者上帝知道什么时候才还。有一次，我斗胆撒了个谎："很抱歉，这本书是别人借给我的。""不会吧，这是你的书，上面还有弗朗索瓦的献词。"我的脸霎时变得绯红，只好缴械投降。砰！我搬起石头砸了自己的脚。

我装作若无其事的样子，先拿回那本书，取走夹在书里的一堆可怜的小秘密，拂掉沙粒，抖落碎裂的干花瓣，竟然还有一张五百法郎的钞票打着圈飘落下来，太棒了！不过绒布书腰应该是弄丢了。怎么毁掉那篇措辞恶毒得能把弗朗索瓦气晕过去的文字呢？"等一下，我要摘录一段文章。"厄运难逃，我只好偷偷开溜，躲到暗处，如法医解剖尸体般小心地把书的最后一页肢解下来。记录着我哀怨情仇的书页被揉成皱皱的一团，丢进了废纸篓。当天晚上，我又把它从废纸篓中救了回来，塞到别处。但这只是缓期行刑，过了这晚，我一定会把它永远消灭！

一般来说，我的书"无记可寻"，不用担心泄露任何秘密，因此无需肢解就能借人。但最终都是有借无还。感情一般的书，我不会再买；情有独钟的，第二天就去买本新的。新欢站在那里，衣冠楚楚。可是多么空虚无力。瞧，新版的《阴翳礼赞》[1]换了封面，翘首企盼着有人再去读一遍。我却忧伤地转开视线，我多么怀念我的旧爱那沧桑疲惫的容颜！

主动献宝更是莫名其妙。这种受虐狂行为造成的任何不幸，都是自作自受。带着慷慨大方的光环和书多不愁的优越感，脱口而出："怎么，你还没读过《黑血》[2]？"

朋友聚会，主人的书就要遭殃。稍不留神，书架就被洗劫一空。客人们散了，收拾杯碟时，我总会被同一个问题困扰——关键已不在于朋友是否会把书还回来，而在于他会不会喜欢那本书。如果喜欢，他很有可能会占为己有；万一不喜欢……那他还能算是我的朋友吗？他竟然不喜欢《黑血》！时间一天一天、一星期一星期地过去，没有朋友的任何消息。好吧，毕竟是本大部头。我应该借给他《OK乔》或者《人民之家》[3]才对。

---

1 《阴翳礼赞》，日本作家谷崎润一郎的随笔集。
2 《黑血》(Le Sang Noir)，法国作家路易·吉尤 (Louis Guilloux, 1899 —1980) 的代表作，专注于现代人精神上的孤立与异化，包含了后来的存在主义和荒诞元素。该书被认为是萨特成名作《恶心》的前身。
3 《OK乔》(OK Joe) 和《人民之家》(La Maison du Peuple) 皆为吉尤的小说。

为了避免不快，我的记忆仁慈地抹除了借书那档子事儿。然而一天晚上，在借书的朋友家里，听见他对另一位客人说："怎么，你还没有读过《黑血》？那可是部杰作！"感激之情涌上心头，也撩起了我痴心妄想的希望："啊！你还是喜欢上了这本书。什么时候把我那本还给我呢？""我的上帝！真是的，那是你的书，可我把它借给玛丽了。"

　　回家路上，我又想起了《黑血》，三十年前读的，忘了大半，如今却又想起了克瑞毕尔[1]，想起他那双巨大的脚、那几只撕咬《经典文选》的小狗和那个往碟子上贴邮票的家伙（不，这不可能，肯定是我记错了），也想起了路易·吉尤，想起他狡黠的目光、那头能与钢琴家李斯特媲美的银发、往烟斗里装烟草时伸曲灵活的手指，还有他最喜爱的小曲，最后一句唱道："勇敢的比尼克[2]人，把他们一路击退到了泽西岛。"

　　说实话，借走一本《黑血》，问题不算严重，因为

1　克瑞毕尔（Cripure），《黑血》主人公的昵称。
2　比尼克（Binic），法国布列塔尼大区城市，吉尤生于布列塔尼，终生居住于此。

我还有两本。再说弗朗索瓦和波莱纳也有这本书。况且玛丽可能会把它还给我，当然也可能转手又借出去了。只要人们喜欢吉尤就好。

　　书就是这样流通着。

· IMPASSE
des
trois sœurs
JI

31
V
00

借书读的折磨
Emprunts

大家彼此彼此，朋友推荐新人新作时，我照样抵御不了诱惑。我在心里默默记下书名，随手抄在信封背面，或者，更保险地，记在记事本上。但有时候我还是管不住自己的舌头，那句话命中注定要脱口而出：

"你能借给我看看吗？"

烦恼从此开始！除了让他人蒙受出借书本的极度痛苦，我也给自己惹来了借书读的折磨。

借来的书是神圣的。还是小孩子的时候，我就明白这一点。一个夏日的夜晚，我家那幢楼险遭火灾，我母亲是最后撤离火场的人：她穿着睡衣，腋下夹着一本书。那本书是借来的，母亲翻寻了好久才找到。与此同时，邻居们正在奋力抢救裘皮大衣和珠宝财产。不过话说回来，母亲原本也没有那些贵重东西。

是的，借来的书是神圣的，打开它已经是一种亵渎。把借来的书塞进包里带回家，我高兴得就像刚从邮局领完养老金的老妇人。书丢了或者被偷了，那简直是比地震还要可怕的灾难：因为这牵涉到个人信誉。回家后，我把借来的书放在那堆十万火急、概不出借的书里，出门旅行也带在身边（哪怕手提包沉得像头死驴，也绝不敢把它遗弃在托运行李或者汽车后备箱里），与其让它不尴不尬待在那堆将读未读的书里，还不如一鼓作气尽快看完。我还得为它包上书皮，像母鸡孵蛋般小心呵护。如果不慎把书忘在了小饭馆，我会在一分钟之内出发，横穿巴黎把它找回来。因为担心折坏书脊，不敢把书完全翻开摊平了看，这样一来，只能读到了双数页的左半边和单数页的右半边。让－罗贝尔曾经借给我一本全新的波伊斯[1]的《霜与血》，印象已经十分模糊了，当然啰，

1　约翰·考柏·波伊斯（John Cowper Powys, 1872—1963），英国作家、诗人。《霜与血》（*Ducdame*）为其早期作品。

我只读了"半本"嘛。

睡意来袭时,借来的书不能胡乱丢在床边;吃早餐时也不敢随手拿起来读,担心书页溅上咖啡;合上书本时不敢有大动作,生怕有小飞虫夹在书里,留下一块触目惊心的灰褐色污迹。

这本借来的书,我自己为什么没有买过呢?尤其还是本好书。恐怕是这样:借来的这本我得留着,日后要重读;我自己也该再买一本,但这又显得很愚蠢,因为买回来的书都不用拆封,我已经读过了。我宁愿把借来的那本据为己有,把新书还回去。可借给我书的人跟我有同样的毛病,他喜欢他自己的书——尽管我觉得那已经快成为我的书了,事实上它并不属于我。而且缩手缩脚地读书也让人兴味索然,买书的念头便渐渐打消了。

书在还回去之前要经过严格的审查。先揭掉塑料书皮(哎呀,这道裂口是我弄的吗?不可能,书包得好好的),有条不紊地翻遍所有书页,吹去烟草末(这道铅笔印又是怎么回事?肯定不是我的缘故。要把它擦掉吗?擦吧。不行,这可能是书主人特意留下的记号。一块油渍,真糟糕!对了,想起来了,它原先就在那儿。

还是用点去污粉，补救一下吧）。总之，要进行全面的修复：掸去灰尘，拭去划痕，揩除油渍，擦亮封面，粘牢书页。完成这份本笃会[1]修士最胜任的工作，至少需要三刻钟（等胶水干就得五分钟）。所有这些艰苦细致的工作，都得冒着一个风险：毁掉书上残留的、书主人格外珍惜的蛛丝马迹——它们提示着与第一次阅读相关的地点、气味、时节和人物……无论怎么做，借书人永远逃不掉邋遢鬼的罪名。

公共图书馆呢？作为专门出借图书的机构，它能让借阅者免受施暴于人的心理折磨吗？图书馆里的书，准确来说，就像明码标价、任人鱼肉的风尘女子。来光顾此地的都是些狂热分子，他们在分门别类的书架间着了魔似的来回穿梭，挑挑选选，尽情享受着撒野的痛快，而这一切都发生在正襟危坐的图书管理员眼皮底下。可怜的管理员！因为兰波[2]的谩骂，他们已经收敛许多，

1　本笃会，天主教的一个隐修会，公元 529 年由意大利人圣本笃所创，遵循中世纪初流行于意大利的隐修活动。会规严厉，修士每日诵经，余暇时从事各种劳动，视游手好闲为罪恶。

2　阿尔蒂尔·兰波（Arthur Rimbaud, 1854—1891），法国诗人，少年成名，被认为是超现实主义诗歌的鼻祖，代表作有《醉舟》《奥菲莉亚》等。

如果偶尔态度恶劣、为难读者，那一定不是针对某个来借拉布雷东[1]作品的中学生，而是有人竟然对这位作家一无所知！再说，根据《解放报》[2]的报道，令图书管理员头疼的最新问题是那些家伙总是站着看书，就在书架前面，旁若无人，把过道都挤满了！

---

1 雷斯蒂夫·德·拉布雷东（Restif de la Bretonne，1734—1806），法国小说家，代表作有《邪恶的农民》、《城市的危险》、《巴黎之夜》等。文学史家一般将其归划为情色作家。
2 《解放报》（*Libération*），法国报刊，由萨特于 1973 年 5 月 22 日创刊。

PLACE
DU
SUIGNIER

XX

09
II
00

公共图书馆
Bibliothèques publiques

　　我很清楚，我对公共图书馆的厌恶有富人恃财傲物之嫌：就像那些不屑于大众消遣的精英主义者，看重私人财产胜过集体繁荣的有产阶级，或者小资善妒、口是心非、唾弃婚恋自由和大众餐馆的家庭主妇。呸！不，图书馆可不是闲人免进的娼馆，恰恰相反，它向所有人敞开大门，但只借不卖，其宗旨是知性、民主、实用、慷慨、方便、经济——而对这一切福利，恕我只能坚决放弃。

　　家中书本聚敛成山，肯定有碍观瞻。即便是心爱的书本，也会撂在书架上睡大觉。戈蒂埃[1]身上已积满灰尘，

1　皮埃尔·戈蒂埃（Pierre Gautier, 1811—1872），法国诗人、小说家、评论家。主要作品有诗集《珐琅与玉雕》，小说《莫班小姐》等。

直到插进去一本格兰维尔[1]才抖落了一些。几个季度以来，我和女佣谁都没有碰过这层书架。那些已经读过而尚未整理的书堆得摇摇欲坠，在被束之高阁以前，期待着主人的再次挑选，等得心灰意冷，行将就木。没来得及看的书同样经年累月地堆着，风吹日晒让它们干瘪枯槁，光鲜不再。每次动用吸尘器，来回拖动稍重些，这些书堆立即坍塌四散！捡起来后依旧无心整理，又在原地堆成一座座碉堡，凛然不可侵犯，让人彻底打消翻找的念头。

　　不管怎样做，家里的藏书大多闲散，随遇而安，图书馆里的却有来有往，巡回流通：它们被挑选分类，贴上标签，编入目录，排列上架，定期整理。它们被借走，归还，觊觎，期待。它们在不同的人手里流转，书页渐渐泛黄，发黑，破旧，疲软。它们被"空投"到古旧书修理部，数百次地涂抹胶水，包上布面封皮，破损的书页用胶带黏合，重新装订，再度投入流通。最后，它们

1　库辛·德·格兰维尔（Cousin De Grainville, 1746—1805），法国作家。他最有影响力的作品是科幻小说《最后的人》（Le Dernier Homme），这也是首部描绘世界末日的现代小说。

沦为废纸，流落到拾荒者和流浪汉手中。我曾在旺午门跳蚤市场[1]找到一本帕斯卡尔[2]的《思想录》(*Pensées*)，是被罗莫朗坦图书馆淘汰的；在圣布里厄的厄玛乌团体[3]觅得丹纳[4]的《意大利之旅》(*Voyage en Italie*)，它曾属于布里夫拉盖亚尔德中学图书馆；在桑利斯的旧货市场，买到一本雪铁龙职工委员会的《法德词典》；在塞纳河孔蒂堤岸边的旧书店淘到一本破烂不堪《圣经》，它来自勒皮修道院，经过长途跋涉，灰头土脸。这些旧书四处游荡，不甘隐退，形似濒死，又获新生。它们在我的书架上稍事休憩，或许某一天又被送走或卖掉，最终飘零何方，只有上帝知道了。

　　我在盖内戈街的住所有一间宽敞的书房，后来搬到了雅各布街[5]，空间局促，不得不对藏书进行筛选：仅仅

---

1 旺午门跳蚤市场（Puces de Vanves），巴黎著名的跳蚤市场之一，被称为"最有品位的跳蚤市场"。

2 帕斯卡尔（Blaise Pascal, 1623—1662），法国数学家、物理学家、思想家。

3 厄玛乌团体，法国天主教慈善工作团体。

4 丹纳（Hippolyte Taine，1828—1893），法国史学家、文艺评论家。

5 盖内戈街（Rue Guénégaud）、雅各布街（Rue Jacob）皆为法国巴黎六区街道名。

是赠阅读物、工作样书、证明文件和当破烂都没人稀罕的工具书，就装满了十个箱子。我狠不下心来将它们丢掉，也舍不得捐给医院或者监狱，尽管别人通常都这么做。当天晚上，我恰巧和圣图安市图书馆的管理员一起吃饭，她坦言预算紧张，对赠书来者不拒。破旧的口袋书，别着回形针、写满修改意见的书稿校样，过时的评论集，残缺不全的系列和面目全非的丛书也要吗？是的，通通拿来！果然，市政府的一个职员来我这儿取书了。没人愿意抬一箱箱死沉的书，不过他应该是图书馆的常客，搬书搬惯了。他兴致盎然地满载而归，我也如释重负。

爱书的读者几乎会把所有图书馆跑个遍，这是受经济实力和住房空间的限制。如果一个人每星期要读一到七本书，那他要么是身居豪宅的企业家，要么是出版社的员工（这份职业带来的福利包括免费赠阅书刊，同行购书优惠价，但不包括藏书的大房子），要么经常跑图书馆，要么一次次地搬家——房子越来越大，地段却越来越差，最后搬到郊区。我们家就是这个样子。

定律：扔掉一本书等于留下两本
Corbeille

搬家，必然又是一番筛选、整理和丢弃。忙到最后我竟然发现，如果当初当断则断，下狠心处理掉一部分藏书，这房子本来是够住的。

豁口裂缝的杯碟瓢盆，做擦鞋布都不够格的破套头衫，赶紧扔掉，太轻松了！七把蔬菜刨皮刀丢了五把，还有古董级别的电动搅拌器，1965—1985年间的税收发票，通通扫地出门，真是过瘾！但是扔书，就像烧毁旧日的情书或者祖母小学时代的作业本，令我心如刀绞。

扔书之前必然会经历一番激烈的思想斗争，当断难断，企图作弊，跟自己反反复复讨价还价：丢掉三十本，又捡起十二本，再偷偷放回去两本。购物回来，我马上从废纸篓里救出五本佩尔特[1]关于植物的书，这是买莴苣时做的决定。晚饭时间，准备做蒜蓉烤肉和贝夏梅尔乳沙司炒荠菜。炒荠菜为什么非得用贝夏梅尔乳沙司？好像从没听到过什么说法。好吧，让我来看看《人人都是美食家》上是怎么说的。我们家的烹饪书都放在碗橱里，放碟子和放杯子的中间那层。我在《托克拉斯食谱》和波米雅那[2]集厨艺大全的《广播烹饪教程》之间找，在勒布尔[3]的《普罗旺斯女厨师》边儿上找，在一整套《厨刀使用指南》、令人喷饭的《烹饪人种学》和附有英式和法式切羊腿插图的正统菜谱中间找。终于发现了马蒂约[4]的菜谱！一本不起眼的袖珍书，书页脱落了，溅满了油渍，粘着面粉，书角烧焦了，模样惨不忍睹。走吧，乖乖到废纸篓里去！贝夏梅尔乳沙司早被抛诸脑后，我一头扎进准备打包

---

1 让－玛丽·佩尔特（Jean-Marie Pelt, 1933— ），法国现代植物学家。
2 波米雅那（Edouard Pozerski de Pomiane , 1875—1964），法国美食家。
3 勒布尔（Jean-Baptiste Reboul, 1862—1926），法国美食家。
4 马蒂约（Ginette Mathiot , 1907—1998），法国美食家，《人人都是美食家》的作者。

丢弃的纸箱里翻翻拣拣。扔掉一本书，等于留下两本，这已经成了定律。

我开始磨磨蹭蹭地吃饭，奶油荸荠的味道真棒。丢掉马蒂约的菜谱，还是有些可惜。可《卢贡·马卡尔家族》[1]是非扔不可了，它们在弗朗索瓦阴暗潮湿的地下酒窖待了两年，就像一堆废弃无用的小砖头。我把它们扔了，可以再去买"七星文库"的版本，用十厘米厚的"七星"版换掉四十厘米的袖珍版，赚了三十厘米，也就是说可以多放十到十六本书。乌拉！科莱特[2]的书也一样，我只保留费朗兹（Ferenczi）和法耶尔（Fayard）出版社的版本，为了它们独特的木刻版画封面和每章末尾的三角装饰图。科莱特就这么定了。左拉呢？忽然回想起，在罗姆和多朗门庭冷落的建筑师事务所，我正是靠翻阅一部部《卢贡·马卡尔家族》打发了时光。吕克不正在写这方面的博士论文吗？我可以把这套书送给

---

1 《卢贡·马卡尔家族》（Les Rougon-Macquart），法国作家左拉的系列小说。
2 科莱特（Sidonie-Gabrielle Colette, 1873—1954），法国著名女作家，代表作有《克洛蒂娜》、《情感退隐》、《琪琪》等。

他……话说回来，我并不是很喜欢"七星文库"。要不就继续保留袖珍版？好吧……可是用四十厘米保留回忆，还是用十厘米来放书？一想到这儿，我就顾不得罗姆、多朗和吕克了。那个晚上，我满脑袋不知疲倦地盘算着这件事。

挑选完成之后，事情就简单了。我去了巴罗街，找到了尼娜和莫尼克，让她们选些书留下，把剩下的放在丰田修车行门前的旧书回收筐里。十分钟后，它们全都不见了踪影。在伊夫里[1]，我也这么干，去当地的垃圾处理站把书丢在简易木箱上，箱边上还有一堆新出的周刊。大家不用客气，各取所需。一星期后如果还有书剩下来，我就把装书的筐子放在街边垃圾箱上，总会有人要的。这不是美差，那儿的气味可不好闻，况且和书决裂，哪怕是一本拙劣的小说，都不是件容易的事。

我从来没能成功地卖掉过什么书。哦，好像也卖掉过，还是一次集体活动。那时候《政治周刊》（*Politique-Hebdo*）再一次毫无悬念地破产，连最困难的员工也放

---

1 伊夫里（Ivry），法国巴黎东北郊的工业区，位于塞纳河畔。

弃了补贴和遣散费。我们文化组决定在一家书店甩卖所有的赠阅书刊，然后瓜分所得。卖书的钱刚好够大伙儿吃一顿的。那天晚上，的的确确是书养活了我们：名副其实。

21
VII
00

Rue
De
MéNiL
montant

回收箱：被遗弃的书和它们的故事

Chine

我终于扔掉了一些书，又淘回来同样多的另一些书。我发现别人和我一样敝帚自珍，精打细算之后才丢弃那些实在破旧无用的东西：过期的新闻杂志、讨人嫌的展会目录、1973 年的《米其林美食指南》[1] 和列宁文集。当然，幸运的话，也会有意外的发现，譬如：

《少女礼仪》(*La Politesse des petites filles*)，女孩子家的"必修课程"，1924 年出的"第二版精编本"。

---

1 《米其林美食指南》，米其林公司旗下的明星出版物，介绍品尝特色地方美食的去处，是世界上历史最悠久的酒店餐厅指南。该系列一直使用红色封面，有"美食红宝书"和"美食圣经"之称。

《马莱和伊萨克教程》[1]，记得 1969 年那次搬家，我处理掉了这本书（真是败家！），如今总算加倍弥补了这一损失。

《阴影下的锡耶纳广场》（*Place de Sienne, côté ombre*），这本书也曾经有过，被我丢了，再买下来。不是什么大家之作，但在谈到意大利帕里奥赛马节[2]的所有书中，没有比这本更好的了。

《兰花猎手》（*Chasseurs d'orchidées*），从某个角落里翻出来的，童年时带来不少乐趣的作品。

华盛顿·欧文[3]的《大草原之旅》（*Far West*），他的书我只读过《阿尔罕伯拉》……

还是 1969 年那次灾难性的搬家，我匆忙处理掉了祖父装订成册的《画报》[4]，还丢掉了雅克送我的卡米

---

1 《马莱和伊萨克教程》（*Malet et Isaac*），法国著名的中学历史教程。
2 帕里奥赛马节，每年在锡耶纳举行，是该市象征性的文化活动。
3 华盛顿·欧文（Washington Irving, 1783—1859），被誉为"美国文学之父"。
4 《画报》（*L' Illustration*），法国 1843—1944 年间出版的周刊，共发行五千多期。

耶·弗拉玛里翁[1]的作品，附有星云和极光的照片，充满诗意。这回淘旧书的成果，总算让我得到些安慰。

想要收获惊喜，与其在拉丁区二手书店码放整齐的书堆里搜索，或者去旧货市场漫无目的地闲逛，还不如去回收箱里翻翻：在电力学教材边上，你会看到那本《一个世纪儿的忏悔》[2]，而《胡萝卜须》[3]就夹在《刑法典》和《灰姑娘》中间。

在被人当做垃圾抛弃的书中间寻觅久了，我学会了根据书的体裁、题目和新旧程度来揣测它们各自的历史，要不就兴之所至编造一个故事。这几本数学教材受潮了，书页紧紧粘在一起，很可能来自那幢旧楼的地下室：父亲意识到数学的教学方法与课程今非昔比，他被儿子远远甩在了身后，为了发泄他的无奈与酸楚，这位

---

1 卡米耶·弗拉玛里翁（Camille Flammarion , 1842—1925），天文学家、作家。

2 《一个世纪儿的忏悔》（*Confession d'un enfant du siècle*），法国作家缪塞的自传体小说，讲述一位悲观主义、缺乏理想和行动决心的青年人的悲剧。

3 《胡萝卜须》（*Poil de Carotte*），法国作家于勒·列那儿（Jules Renard, 1864—1910）的代表作，以童年时代的乡村生活为背景展开。

父亲还扔掉了《未来的展现》[1]（我少年时也曾对布莱伯利[2]笔下的奇幻世界神往无比）。我又想起了《我嫁给了一个影子》[3]、《献给阿尔吉侬的花束》[4]和安伯罗丝·比尔斯[5]（哥哥忘了把他的《荒诞故事集》还给我，至今我还为了这事和他吵架）。这个箱子塞满了宣传女权主义的文集，它们的主人也许是个女强人，在长达二十年的同居生活后，终于决定在五十岁上结婚。爱捣鼓的男生为了给工作台腾出空地，毅然丢弃了《丁丁历险记》和儒勒·凡尔纳的小说，挥手告别童年了。老妇人去世了，皮埃尔·伯努瓦[6]、亨利·德·蒙弗雷德[7]、阿加莎·克里斯

1　《未来的展现》(*Présence du futur*)，科幻小说丛书，法国德诺埃出版社自 1954 年推出。

2　雷·布莱伯利（Ray Bradbury, 1920—2012），美国科幻小说大师。

3　《我嫁给了一个影子》(*J'ai épousé une ombre*)，美国作家威廉·艾里什（William Irish, 1903—1968）的小说。

4　《献给阿尔吉侬的花束》(*Flowers for Algernon*)，美国作家丹尼儿·凯斯（Daniel Keyes, 1929—　）的小说。

5　安伯罗丝·比尔斯（Ambrose Bierce, 1842—1914），美国记者、作家。

6　皮埃尔·伯努瓦（Pierre Benoit, 1886—1962），法国作家，1931 年当选法兰西学院院士。

7　亨利·德·蒙弗雷德（Henri de Monfreid, 1879—1974），法国探险家、作家，代表作《红海的秘密》。

蒂的作品和那本《我的编织》都成了孤苦无依的流浪儿，一起流落街头。《圣杯的传说》[1]《中世纪的知识分子》[2]和男式衬衫、起球的毛衣以及粘着肥皂沫的剃须刀一起被扫地出门，肯定是某个研究中世纪文学的青年被情人抛弃了。老房子前又出现了一箱刚被丢弃的书，看看书名就知道主人对新书不感兴趣。我记着要再来。

旧书里隐藏着无数个故事：胡乱涂鸦的签名、奈拉剧院的票根、凯尔敦手表质保单、韦桑岛[3]明信片、精美的藏书票[4]、马蒂斯博物馆[5]的请柬，还有一角剪报、一张露依饼干广告、一页即将脱落的赠言、一联"不二价"连锁超市的小票……遗弃街头的书尽情地展现自己的历

---

1 《圣杯的传说》(*Le Conte du Graal*)，法国诗人克雷蒂安·德·特鲁瓦(Chrétien de Troyes, 1890—1976)的作品，他以创作亚瑟王传奇叙事诗而闻名。
2 《中世纪的知识分子》(*Les Intellectuels au Moyen-Age*)，法国历史学家雅克·勒戈夫(Jacques Le Goff, 1924—)的作品。
3 韦桑岛(Ouessant)，法国布列塔尼海岸的岛屿，位于大西洋海域，是法国本土的最西北端。
4 藏书票，起源于15世纪的欧洲，以艺术的方式标明藏书属于谁，也是书籍的美化装饰。
5 马蒂斯博物馆，位于法国尼斯，馆内收藏了法国著名画家、野兽派创始人马蒂斯不同时期的作品。

史，待价而沽的二手书却在细心的清理之后三缄其口：卡片被取出来放在一边，请柬丢在另一边，其他杂物通通扔进废纸篓。

确实如此，只有在主人怒不可遏或迫不得已时遗弃的书还在喋喋不休地讲述件件往事，别的书则被彻底抹杀了历史：涂掉签名，撕去赠言（但愿它的作者不会在塞纳河畔逛书摊时发现这个奇耻大辱），保修单、明信片和旧广告被清理一空。姑且饶了那张入场券吧，总该给自己留下些什么。

第无数本《百年孤独》

Cadeaux

谁都知道,好东西留不住。在我的书房里还能找到好书,连我自己都觉得惊讶。看来我的美名传播得还不够远。

我不愿看到书架上出现空缺,但更无法忍受那些封面俗气的新书,它们就像打扮光鲜的暴发户,夹在衣衫褴褛的老兵中间。与其把它们扔掉或者借走,还不如拿去送人。

我没有说谎:的确是《百年孤独》决定了我在瑟伊出版社的职业生涯。去布列塔尼度假前,普鲁尼芙莱特把它借给了我。那个星期里,我慢悠悠地读着《百年孤独》,就像小孩咂吧着嘴耐心吮吸甜美的糖果,舍不得把它一口吞下。游泳回来，头发上滴落的海水打湿了书页，水分蒸发后书角翘了起来，书页也被沙子和盐粒戳出了许多小孔。我不敢把这面目全非的书还给普鲁尼芙莱特，她也无比宽容地允许我还她一本新书，把对她而言独一无二、无可取代的"首读本"留给我。这本《百年孤独》再也不会和我分离了！我甚至想变个魔术把它永远隐藏起来，免得一不小心又借给别人。因为担心失去它，我都不敢再去读它，也许三十年之后会想起来再读一遍吧。

我送出了无数本《百年孤独》，所有钱都搭了进去。后来，别人给我介绍了一份在瑟伊出版社打字兼打杂的工作，薪水少得可怜，可当我听说买书可以打六折（买其他出版社的书打七折），我觉得我不但可以赚钱，还可以省钱。真是愚蠢的算计：哪怕有优惠，也经不起我买书的疯狂。有一次，我在瓦吉南德餐馆吃午饭，那时一顿饭只要三法郎六个苏，同桌的朋友对我说他还没有读过马尔克斯，我赶紧冲向蒂旺书店（Divan）买了一本《百年孤独》，在他吃甜点的时候就送给了他。

我终于留在了瑟伊出版社，但又出现了新的问题：

每当我送出一本书，人们都会认为那是免费赠阅或者优惠购买的。哪怕盖着书店的印章也没用，这份礼物看上去始终像打折买下的便宜货。话又说回来，如果我不是十本十本地订购，光是发现那套丛书里尼古拉·布维耶[1]的《世界之旅》（Usage du monde）和卡尔维诺的《帕洛马尔》，就足以让我破产了。

我还是不停地送书，但逐渐学会了克制。节日、生日和圣诞，绝对不送。只有在一起吃饭聊"书"之后，才送一本作为礼物。偶尔我也会破例，卡特琳娜的儿子初领圣体那天，我选了自己喜欢的七本书送给他，其中有一本《如果这是个男人》[2]，在他这个年龄，肯定会以为是本色情小说！

我还是经常责怪自己，因为我承诺要送的书比实际送出的还要多得多。但我不喜欢别人送我书，这很奇

1　尼古拉·布维耶（Nicolas Bouvier, 1929—1998），瑞士旅行家、作家。
2　《如果这是个男人》（Si c'est un homme!），意大利作家普利莫·莱维（Primo Levi, 1919—1987）的自传，莱维是纳粹屠杀犹太人计划的幸存者。

怪，除了弗朗索瓦给我的卡森·麦卡勒斯[1]传记——尽管他知道我对那些刨根问底的传记不怎么感兴趣。昨天是康拉德，今天是西默农[2]，读传记令我对作家本人都生出几分反感。作为一种文学体裁，传记让我无法忍受，除非是关于某个我讨厌的作家，因为肯定能找出让我的憎恶更加有理有据的内容。话说回来，我们用一辈子的时间都读不完我们热爱的作家，又何必去理会那些讨人嫌的呢？

1　卡森·麦卡勒斯（Carson McCullers, 1917—1967），20世纪美国最重要的作家之一，代表作有《心是孤独的猎手》《伤心咖啡店之歌》等。

2　乔治·西默农（George Simenon, 1903—1989），比利时法语侦探小说家，是20世纪最多产、发行量最大的作家之一，作品超过四百五十部。

书店是个危险的地方

Achats

　　要送书，就得先买书，去书店、小书店，甚至是迷你书店。我狡猾地出没于各家书店，就像无奈的穷光蛋，为了赊账买东西，不得不跑遍邻里街区所有的店铺。

　　只有在脑子里想好要买哪本书之后，我才敢去书店。即便这样，每次从书店里出来，我怀里至少会揣着三本书。为了避免流连忘返和冲动购物，我必须设法绕过书店的橱窗，就像饥饿症患者要拼命躲开糕饼店，否则我来不及读的书就会越积越多，在床边堆得摇摇欲坠。总有一天，它们会展开报复，趁我熟睡时"噼里啪啦"砸下来。

　　当然，最要命的还是图书博览会。成百上千个死了的和活着的作家，成千上万本我没读过的书。只要扫上一眼，我就觉得消化不良，就像素食主义者走进了熟食批发店或者流水线养鸡场，霎时间晕头转向。不是我不想读书，是身处这个过于丰盛的图书盛宴让人心生厌腻。从展馆脱身而出时，我热泪盈眶，年年如此。

所以我总是急急忙忙冲进一家常去的书店，走向某个书架或陈列新书的桌案，抄起一本就去收银台付钱——太迟了。视线扫过《帕拉蒂娜公主[1]书信集》时我就记住了它。就在收银台边上，还摆放着维旺·德农[2]的《明日不再来》（*Point de lendemain*），书的第一页是绝妙的动词变位练习，拿来送人很好。我买下了它们，逃出书店。万幸，我只买了三本，其中两本还很薄，床头那堆书会饶恕我的。

买书也常有悲剧上演，比如书店里没有我向往已

1　帕拉蒂娜公主（Princesse Palatine, 1652—1722），巴伐利亚公主，法国国王路易十四的兄弟奥尔良公爵的妻子，她的书信揭示了路易十四亲政时宫廷生活的有趣细节。

2　维旺·德农（Vivant Denon, 1747—1825），法国艺术家、作家、外交家，被拿破仑任命为第一任卢浮宫主管。

久的书：《米德尔马契》[1]吗？自从布尔乔亚出版社不出这本书了，我再也没订到货。要不您去桅楼书店（La Hune）书店看看吧。"也好，顺带给我哥哥买本埃莱娜·邦贝尔热[2]的小画册。我去了桅楼书店，他们当然有《米德尔马契》，可是奥姆尼比斯出版社（Omnibus）把乔治·艾略特的另外两篇小说也收录在一起了。我还没心情一口气读她三部作品，决定放弃。为了自我安慰，我说服自己吉姆·哈里森[3]可能有新作面世了。可还是没有！他可真够懒的。我垂头丧气走出书店。在巴尔扎尔餐厅等弗朗索瓦时，发现贡巴尼书店（Compagnie）还开着，我冲了进去——命中注定我会买到《米德尔马契》。那堆书会把我给压扁的！卡特琳娜这下满意了，她向我极力推荐过这部作品。

　　我多么羡慕弗朗索瓦可以冷静从容地在书架间晃悠，多么钦佩阿尔梅勒不会被坏脾气的书店老板惹恼，而我在这里总是紧张不安，如临大敌，临了却还是乖乖

1　《米德尔马契》（Middlemarch），英国作家乔治·艾略特的代表作。
2　埃莱娜·邦贝尔热（Hélène Bamberger, 1956—　），法国摄影家。
3　吉姆·哈里森（Jim Harrison, 1937—　），美国作家、诗人。

走向收银台,第无数次地买下富尔奈勒[1]的《运动员的头脑》。这本书我有三本,放在抽屉里准备当礼物的(自从有过一时拿不出书送人的尴尬经历后,我决定尽量有备无患)。我得再仔细统计一遍:一本给莱昂·莫里斯的女儿,她声称要当体育记者,却连这本书还没读过;一本给亚平宁餐厅的老板里诺,他每个星期天都要骑自行车转上一百公里;还要送给……几十个没有任何理由必须读这本书、但最终都会喜欢上它的人。

想想真有意思,这次不买,只意味着下次买得更多。

我的购书癖和书店老板不无关系:他们和我是一丘之貉。我们身上都同时具有——或者交替显现出——读书人的共性:唠唠叨叨,身闲心劳,面带微笑但脾气暴躁,心无旁骛却又感觉迟钝,具有派系意识却又不拘一格。总之,不管是态度友好还是不理不睬,书店老板的情绪已经影响不了我了。我适应了他们,他们也习惯了我。书让我们心有灵犀。

---

1 保罗·富尔奈勒(Paul Fournel, 1947—),法国作家、诗人、出版人。《运动员的头脑》(*Les Athlètes dans leur tête*)获得1989年龚古尔文学奖。

时间里的书衣

Couvertures

标志着我们这一代读者迈向成年的事件，就是那些花里胡哨的书衣忽然之间返璞归真。只有最初的口袋书还保持着表情丰富的封面，我把它们和装着"胡嘟嘟"水晶糖[1]的圆木壳、"赞"（Zan）牌圈圈糖和软管雀巢牛奶归为一类：华而不实，但令人过目难忘。

抛开口袋书这一特例，在许多年里，我心情愉快地读着面目平凡的书，尤其是高雅文学作品，一律是纸和字的简单组合。"白色丛书"（Collection blanche）、"世

---

[1] "胡嘟嘟"（roudoudou），一种用焦糖在壳状模具中熬制成的透明硬糖，有草莓、薄荷、橙等口味。作为许多法国人童年时代的集体记忆，颇具怀旧色彩。

界书屋"（Cabinet cosmopolite）、"红框书系"（Cadre rouge）……伽利玛、斯托克和瑟伊出版社似乎给书穿上了同一套制服。在一成不变的封面之后，除了书名、作者姓名，以及时有时无的导语插页，别无累赘，但读者们已经心满意足。

斯托克出版社的"世界书屋"系列曾有朴素体面的书衣，用旧之后更添质感，如今却刻意装扮起来，换上了恶俗的草莓牛奶色封面，令人大受打击。在地铁里拿出这样簇新的粉红色书本来读，多让人难为情啊，这太离谱了。我索性利用杂志内页、旧包装纸和绘有蔬果图样的牛皮纸，给它们通通包上书皮（包书应以经济实用为原则）。我又想起了背着书包上学的时光，蓝色的开学通知书，泽泽姨妈拿剩下的凸纹印花墙纸给我的新书包封皮。于勒·罗曼[1]的书是用一楼客厅的墙纸包的，魏尔兰[2]那本用的是旅馆家庭房的布纹纸，印着缠枝花环

1　于勒·罗曼（Jules Romains, 1885—1972），法国诗人、作家，1946年当选法兰西学院院士。

2　保罗·魏尔伦（Paul Verlaine, 1844—1896），法国诗人，象征主义诗歌的代表人物之一。

图案。六十年过去了，泽泽姨妈在书脊处写下的哥特花体字已经淡去，我想拿普拉[1]的作品，抽出来的却是普朗[2]。这种瞎摸乱撞式的搜寻带来了一些美好的惊喜，对此我心怀感激。

"世界书屋"自取其辱的同时，各家出版社，甚至一些令人景仰的老牌出版社也纷纷变节了。一开始它们还遮遮掩掩，后来索性豁了出去，厚着脸皮使出只有所谓廉价普及本才用的招徕顾客的招数。

彩图封面当然不能没有它的好搭档：塑料覆膜。但这层薄膜稍稍受热便要和封面脱离，于是只好把它活剥下来。这是个过瘾又刺激的活儿，就像在烈日下晒得蜕了皮，忍不住要动手把死皮一点一点撕掉，一不小心扯动了皮肉，痛得倒吸一口冷气。

很自然地，我喜欢上了护封，它松松垮垮包裹着封面，可以随意拆卸。护封和书各行其志，互不干涉，我喜欢它，就因为可以随时把它扔了——让书回归本色，

---

1 亨利·普拉（Henry Pourrat, 1887—1959），法国作家、人种学家。
2 让·普朗（Jean Paulhan, 1884—1968），法国作家、评论家、出版家。

回到它最初的简单和坦率。

　　只有一种图画封面获得了本人青睐：拓印在纸上的木刻画，线条果断朴拙，略去细枝末节的凌乱，简约又写意（我哥哥就是一位雕刻家）。除此以外，再漂亮的照片，再精致的图画，都不能让我产生好感。还有一些封面实在太有破坏力，我不得不放弃那本觊觎已久的书。有几次，读着读着，我突然想起来把内容和封面对照一番，或者把作者的文字和他本人的照片比较一下。封面……让人心烦，作者……也长得不合时宜。想象中的他清癯消瘦，事实上却是个胡子拉碴的胖子。原以为她是田园牧歌中的窈窕少女，结果却长着一副妖媚的情妇模样。

气味与尘土

Odeurs

从儿时起，一看到半开半合的书本，我的本能反应就是把鼻尖凑过去。开学发下的新课本带来纯粹的感官享受，把脸颊贴向冰冷的书页，顿时一阵清凉，苦苦的杏仁香味令人激动不已。还有《希腊和野蛮世界神话故事集》，书页毛茸茸的像桃子皮，还散发出胡椒的辛辣味道。

书的气味有好有坏。还来不及把《西班牙蓝色指南》[1]关进书箱隔离起来，它就已经糟蹋了《阿尔罕伯拉》[2]

---

1 "蓝色指南"，法国阿歇特出版社（Hachette）出版的旅游类丛书。

2 《阿尔罕伯拉》（*The Alhambra*），华盛顿·欧文描写19世纪欧洲风物人情的作品之一。书中以优美的笔调描绘了西班牙民俗人情，生动叙述了摩尔人的神话与传奇故事，开创了风格独特的游记文学文体。

的清香。把它长时间丢在油箱和汽油罐边，在毒辣的阳光下进行"谋杀式"曝晒，用碘酒擦拭，拿亚美尼亚烟熏纸熏蒸——想尽一切办法都无济于事。现在，挤在众多旅行指南中间，它的霉烂味总算得到些抑制；但只要一打开封面，那股浓重的鱼腥味便扑鼻而来，说什么也读不下去了。"啪"的一声赶紧合上，断掉恶臭之源。

一本书的臭味注定要遗臭万年，香味却会不断得到提炼，逐渐发生变化。书会保存自身气味的精华，同时吸纳各种新的香气，使原有的气味更为馥郁，直到随着时间的流逝渐渐散去，最后只留下难以察觉的细腻干燥的尘土味。

纸张、油墨、胶水，要辨认它们的不同气味，对爱书的人来说轻而易举。作为"读"者，却进化出一只嗅觉灵敏的"鼻子"，多么讽刺！我们具有这种本领，享受这份乐趣，凭的是丰富的经验和游戏的精神。有一天，我在科西嘉岛的灌木丛中展开搜索，皱起鼻子这儿吸吸那儿嗅嗅，想分辨出……那究竟是什么味道？薄荷叶、香桃木，还是刺柏？或许吧，但更像是那本书的气味，《一个寒冷的冬季》[1]！另一次，我冲进厨房，歇斯底里地打开所有瓶瓶罐罐，想找出究竟哪种调料散发出《词语释义词典》的味道。肉豆蔻、生姜？气味太重。鼠尾草？也不是。我重新把鼻子埋进书里……忽然之间，就像寻觅松露的小狗，我被一股气味引领到祖母的旧旅行箱前。太可笑了，原来就是檀香木的味道！这只箱子是我在蒙特耶故居的阁楼上发现的，里面塞满了蕾丝花边、桌布和羽毛装饰品。干冷刺鼻的檀木香让我想起了书，某些书。我围着它转来转去整整两天，冥思苦想该是些什么书。

有的图书馆会散发出地下室的阴湿气味，让人联想起美味的蘑菇、苔藓和蕨类植物。我在一些书里闻到了秋天的味道，另一些有夏天的气息。还有地中海常绿林或林下灌木丛的气味，骚动而甜美：潮湿腐烂的，阴凉干爽的。

很少有哪本书会散发某个城市的味道，我有一本英语小词典却是特例，在拉姆斯盖特买的，那年我十二岁，去那儿学英语。蓝色塑料封面印着凹凸花纹，让我想起

1 《一个寒冷的冬季》(*Un rude hiver*)，法国作家雷蒙·科诺 (Raymond Queneau, 1903—1976) 的小说。

拉姆斯盖特滚烫的碎石路、横在阳光下的露天酒吧长凳、汽车上的皮座椅。说实话，这一切都不令人讨厌。我的联想不恰当吗？凭什么这么说！

还有那若有若无的尘土气味。书本喜爱灰尘，与之亲近；尘土也乐意结缘，温柔地覆盖书本。别想掸去这些灰尘。书架上的书本堆得参差不齐，只管拿鸡毛掸子掸遍，它们只是恶作剧般从一本书落到另一本上。只有春季大扫除才能（或者才可能）把积灰彻底清除，那时书架会干净得像瑞士疗养院。然而透过锃亮的玻璃，还是看得见细小的尘埃在阳光下嬉戏，就等一阵微风把它们又吹落到书上。

人们心甘情愿地忍受积在书本和酒瓶上的灰尘，大概因为那代表着某种贵族气质。将鼻子埋进书本前，我会吹掉书上的积灰，这没什么不好意思的。真奇怪，这本书怎么什么味道都没有？居然还是本通篇都在给气味、颜色和形状分类的书：清少纳言[1]的《枕草子》。

1　清少纳言（Sei Shônagon, 965—1025），日本平安时代的著名歌者、作家。

独一无二的乐器

Musique

与闹腾的报纸相比（寂静中，突然翻过一页报纸，犹如一声响雷），书显得低调多了。但它也是有声音的：当人们急切寻找想读的那一页，拇指迅速掀动书页，引得疾风乍起，书便开始哼哼唧唧、唧啾呢喃。每本书都是独一无二的乐器，在演奏者指下发出不同的声响："七星文库"有长笛般清扬高亢的音质，《小罗贝尔词典》则是巴松低沉庄严的音色。读者凭借灵感，让书本奏出动听的旋律。当然也有例外：笨拙地撕去书页，会发出耕牛排泄的声响，毫无乐感可言，却让人眼前顿时浮现一派田园风光。我喜欢这种天然旖旎的乡村情调。

一个人静静看书，手里的书哼着柔和的曲调。书页何时翻动，如水珠滴落般无法预计，尤其当读者的手指悬在两张书页之间，指尖在中缝处滑过——永恒的序曲奏响了，随着微弱的"噗"的一声，书页翻了过来。纸张越单薄，受的折磨就越残酷：读者不急着翻过这一页，指尖却在书角反复揉搓，薄如绢帛的纸张开始呻吟，听得人心生不忍。

　　留心倾听，就会发现书的音乐无处不在：打开精致的线装本，书脊会发出不易察觉的"噼啪"声；翻开破旧的袖珍书，不祥的断裂声预示着书页的脱落；不耐烦的读者手指翻飞，书页低声怒号，封皮簌簌作响；但最美妙的，还是裁开连在一起的书页。有一天我在地铁里埋头裁书，一位少女看见了，低声对男友气愤地说："现在的书卖得这么贵，竟然还有漏裁的书页！"她不知道，今天看来稀奇的事在过去却是惯例。她低估了裁书这项运动带来的感官愉快，各种技巧、风格和工具，学问大着呢。可以把书边裁得光滑平整，也可以留一条长了胡子的毛边。可以边读边裁，也可以一口气全部裁好再读。有人偏爱磨得尖锐锋利的裁书刀，但我喜欢让书长胡子，就用一张地铁票以纸裁纸，或者用打磨过的竹片，再不济还可以用一把又钝又缺口的小刀的刀背（我不喜欢金属与纸张这样亲密接触）。说到底，只要能弄出卷卷的、绒绒的毛边，为灰尘留下它们未来的巢穴，拿什么裁都无所谓。

　　享受裁书的癖好差点儿让我和弗朗索瓦闹翻了。他曾经送给我一套天天印刷社的烹饪小手册，书末版权页上的说明写得很有意思（有的书还有原版和再版的两个记录）。径直翻到最后一页显然不太合适，所以我耐着性子读完了引言和每本书里的十篇菜谱，便迫不及待地探寻这些书自己的故事——这也是色香味各异的美食，我研究它们的配料和用量（纸张质量和字体）、原料供应商（是康颂[1]还是布隆尼亚尔牌的），以及成百上千个细节问题，比如：当时的天气（《罗勒》中写道"风声大作"），时节（《巧克力》印刷完毕那天就是圣阿尔方斯节），或者情绪（忘了是哪一本写道：它"急急忙忙"就问世了）。

1　康颂（Canson），法国著名描图纸品牌。

我读得兴味盎然，直到凌晨三点，弗朗索瓦怒吼一声："这么晚了还看书！"一把夺下我手中的书本，简直像求爱时那样急切。我怒火攻心，蜷缩在沙发里哭泣，都没想到用裁纸刀在这暴君背上狠狠捅上一刀。

防盗磁条

Mouchard

我喜欢书商用铅笔在封面衬页右上角留下的"密码"，那些神秘难解的字符之后，隐藏着书店的库存情况和经营策略之类的小秘密。但我憎恨冷酷无情的金属防盗磁条，那是一个有力的证据，证明在某些书商眼里，顾客首先可能是个小偷，是个偷窃成瘾的变态，书店的天敌。

对于神圣的书本，防盗磁条是种亵渎。有的磁条就像三明治馅儿粘在两页正文中间，这意味着读者永远不能完全打开这本书了。他天真地以为碰到了一个宅心仁厚的书商。他错了，防盗磁条就在 230 页和 231 页之间，他还是被当成贼一样提防着。书页也被戳破了，这些笨蛋竟然连端端正正贴个防盗磁条都不会！

无论多么小心翼翼，动手揭去磁条总会带下一角书页，那感觉，顿时心疼得就像撕胶布生生扯下一块皮肉。可是倘若姑息养奸，这个僭越者就会毁掉两页书，进而霸占我的书架，把我的床头柜变成巨大的磁场。

如果书商坚决捍卫他们使用防盗磁条的权力，那么至少应该把它贴在书的末尾。这肯定同样有效。他们没有任何理由迫害无辜的（甚至那些有罪的）读者。再说，偷书贼要么在报警器的尖叫声中张皇失措被逮个正着，要么早就知道该怎样对付报警装置了。

我常常想，当我把书借出去，人家看到扯下防盗磁条的痕迹，没准儿会怀疑这书是偷来的。就算我曾经偷过东西，比如威士忌、泳衣、指甲油、连衣裙、梳子，杂七杂八的小玩意儿，我从来没有偷过书。为什么？我绞尽脑汁也找不出理由。难道是顾忌那个戴着夹鼻眼镜、烟不离手、貌似忠厚的书商？除了穷凶极恶的歹徒，没人会忍心扒窃老太太的手提包，也没有人会掠取狡猾的（或者糊涂的）书店主人的财产。当然，年轻时手脚灵活，偷书就当是活动活动，除此以外，偷书能带来什么好处呢？我有不少朋友曾经偷过书，但这并不影响我喜欢他们。偷书之后呢？之后什么事都没发生。看来书商不迷糊，但也不够狡猾。

书腰的意义

Bande

　　书腰就在那儿，唤起你的注意：作者是阿蒙而不是罗特曼；该书荣获梅第西奖[1]而非龚古尔奖；这是贝阿特里斯·莱卡的第一部小说，或者德布雷新出的随笔集，而不是马克斯·加洛[2]数不胜数的作品之一；弗朗兹－奥利维埃·吉斯贝尔[3]为《总统先生》(*Le Président*) 写了续篇；还有电影《长日将尽》是根据这本同名小说[4]

1　梅第西奖 (Médicis)，法国重要文学奖项，创立于1958年。

2　马克斯·加洛 (Max Gallo, 1932—　)，历史学家、作家、法兰西学院院士。

3　弗朗兹－奥利维埃·吉斯贝尔 (Franz-Olivier Giesbert, 1949—　)，法国文学专栏作者。

4　指日裔英国作家石黑一雄的小说《长日将尽》(*The Remains of the Day*)，获1989年布克奖。

改编而来。

书腰就在那儿，不合时宜却又一意孤行。拆掉一个讨厌的护封有多容易，丢弃一条长长的书腰就有多犹豫（我不想再琢磨究竟是为什么了）。我想把书腰插进书里，却怎么也折不好：对折放，它会冒冒失失探出头来朝我吐着血红的舌头；按原来的折缝叠，明显不对称，看着都难受。弗朗索瓦凡事总有章法，他教我怎么把书腰架在封底的前一页，就能放得垂直妥帖。好办法！不过很快就被我忘在脑后了。

多年以后再看到一本书的书腰，总是让我很惊奇。莫里斯·蓬斯[1]曾经得过法兰西学院文学大奖，我一点印象都没有了。让·罗兰[2]的《组织》得了梅第西奖，也不记得了，不过那本令人心碎的《约瑟芬》完全有理由为他赢两个费米娜[3]……回忆纷纷扬扬的，又为我吹送回来了。

1　莫里斯·蓬斯（Maurice Pons, 1927—　），法国作家。
2　让·罗兰（Jean Rolin, 1949—　），法国作家、记者。《组织》（L'Organisation）、《约瑟芬》（Joséphine）均为他创作的小说。
3　费米娜奖（Fémina），法国重要文学奖项，创立于1904年。

条形码与书的结合

Code-barres

今非昔比了。从前，火柴、鱼子酱、牙刷、葡萄酒、书、皮鞋，这些都算高档商品，要贴上大大小小的标签以示区别。如今，所有东西无论大小、不分贵贱，通通打上条形码，成为待价而沽的商品。

可是，在我眼里书从来就不是商品。一看到书上的条形码我就气得冒烟，这个钉齿耙样的怪物蛰伏在封底，趾高气扬地炫耀着书商的胜利。为什么没人改变一下条形码的图案，让它看起来顺眼些呢？让－毕说他见过设计成笼子模样的条形码，奥卡斯告诉我有人在上面加盖了三角形房顶，将它改造成帕特农神庙！我自己也有一次成功经验：在一本朋友赠送的书上，把条码涂改成两匹斑马。我还动过要把它改造成两头大象的念头，好让它们稳稳镇住我的书。

心情好的时候，我也会在条形码上发现桂冠诗人的气质，它与书的结合堪比"抽屉和手稿的完美邂逅"（手稿当然也是书）。然而，读书的时候我会尽量忘记这种联想，否则作者与读者之间的亲密关系便会受到干扰。

话说回来，条码时刻提醒着人们，书在出版社、批发商和书店之间架起了一条长长的合作链，这还是不错的，尤其我自己也算是这链条中的一环——不过问题也许就出在这里：读书时，我忘了自己的编辑身份，什么供货、定价、退回，都属于本人无需关注的问题。可印在封底的条码却在无耻地炫耀这些鸡毛蒜皮，就像某些轻佻的女人在地铁上化妆，拿出粉底、腮红、眼影、口红和睫毛膏涂涂抹抹，坦然得就像是在自家浴室里搔首弄姿。

条形码似乎在取笑我，其放肆无礼正如这些女人的行为。粗粗细细的条纹背后隐藏着叵测的花招。它阴郁晦涩，像一幅撕裂的黑纱，又像模仿比朗[1]的拙劣赝品。它就像工厂外围的栅栏，围住了自动记录机、升降机和搬运机同时运作的一派喧哗。为什么不把它做成瀑布或者太阳的形状呢？不管什么样，都比这抓痕般的条纹要好。

条形码将读者降格为商品社会中受制于人的消费者。当他捧着一本《从奥里诺科河到亚马逊》看得正入迷，想象自己和阿兰·吉尔布兰特[2]一起，在热带雨林中艰难跋涉，被凶狠的蚊子围攻，强迫自己咽下木薯汁发酵酿成的啤酒，被皮亚罗亚[3]萨满下了咒语，不得不忍受蚁群的噬咬……或者，当他正在读《逃命》，看到雷德蒙·奥昂隆[4]害怕水中生猛的寄生虫会逆流而上，强忍住不敢往河里撒尿……读者兴奋得发抖，合上书想平

---

1 达尼埃尔·比朗（Daniel Buren, 1938—   ），法国概念艺术家，擅长运用黑白条纹等抽象设计元素。
2 阿兰·吉尔布兰特（Alain Gheerbrant, 1920—   ），法国诗人、探险家，《从奥里诺科河到亚马逊》（Orénoque-Amazone）一书作者。
3 皮亚罗亚人生活在亚马逊热带雨林，至今处于原始社会，以渔猎为生。
4 雷德蒙·奥昂隆（Redmond O'Hanlon, 1947—   ），英国学者、作家，以曾前往全世界最偏远的丛林探险而闻名，如婆罗洲、亚马逊雨林、刚果等。

复一下情绪。霎时间，条形码的魔爪把他拽回到文明社会！如果他读的是《克莱芙王妃》[1]，一看到条形码，恐怕再也无心领略这段纯情往事，不如丢开书本，看电视算了。

也许有人会反驳我说，无论书、香水还是尿不湿，谁都逃不了打上条形码的命运。当然不一样。别的商品的条形码印在包装上，书的条形码却是一道抹不去的烙印。这太残忍。

---

1 《克莱芙王妃》（*La Princesse de Clèves*），法国作家拉法耶特夫人（Madame de La Fayette, 1634—1693）的小说，以亨利二世时期的宫廷为背景，影射 17 世纪后期的皇室生活。

藏书票，赠言和温情

Ex-libris, dédicace & C°

　　买回来的书已经不堪重负：书腰、护封、插页、条码、防盗磁条、作者的照片、书商的神秘标记……这些附加品惹得读者更加心痒难耐，觉得自己也该凑凑热闹。

　　当然，在动手之前，他会经历一番思想斗争，并且暗自觉得羞愧。反正我是觉得挺不好意思的：找个地方留下自己的大名，这种行为暴露的鄙俗和小气，我完全能够领会。然而有时候，我还是克服了羞耻心，把名字偷偷签在封底的背面。这种无法抑制的占有欲根深蒂固，可以追溯到我学生时代遭受的心理挫折。那时候，课本用完是要留给新生的，无论谁都不可以在书上做标记。要辨认出我的书，得靠那枚双道蓝色花边的书签和翻折的书角。只有《拉加尔德和米夏尔教程》[1]逃脱了隐姓埋名的命运，因为学校认为它将跟随我们终生。总之，从那以后，我就开始了各种报复行动。

我有一个迂回的办法来掩饰自己的幼稚行为：给书盖上自制的印章。我用小刀在橡皮上刻，用回形针在王子街旧货店里淘来的肥皂石上刻。我的名字缩写是"AF"，和"法国行动"[2]一样，所以就换成花体的"AFr"，但一定得用红、绿或者蓝色的墨水，以免和臭名昭著的纳粹党徽混淆。最近，我在一块"马拉牌"橡皮上刻了一根结着三个油橄榄的橄榄枝。深思熟虑之后，我决定把它送给多姆，他的儿子在埃罗省有三个油橄榄园，每年都能榨出上好的橄榄油。

为了帮我克服刻章的冲动，几年前的一个圣诞，奥利维埃用一块圆锥形梨木给我刻了一枚双面印章，图案

---

1 《拉加尔德和米夏尔教程》（*Lagarde et Michard*），法国中学法语教程，1948 年起由博尔达出版社（Bordas）发行。
2 "法国行动"（Action française），20 世纪上半叶在法国兴起的极右政治运动。

是一本书，左边页面上有一个"A"，右边则是一个"F"。印章一面的图案很小（是给袖珍书准备的），另一面的图案大一些（可以盖在普通的书本上）。我知道，看到我充分利用这枚印章，奥利维埃一定和我一样快乐。我把印章轻轻摁进鲜红的日本印泥中，再对准编辑的名字，用尽全身力量狠狠压下去，无比痛快。可是如果印章盖反或者盖歪了，我又会后悔多此一举……算了，这样也好看，有喜剧效果。

有时，我也梦想拥有一张标有年份的真正的藏书票，但那似乎过于郑重，有点儿自命不凡了。当然，如果奥利维埃或者帕斯卡尔为我量身定制一枚千禧年藏书票，我一定会勉为其难收下那份礼物的。

没有什么能比得上作者或赠书人的题词（对他们来说这等于抬高身价，何乐而不为？）。我最喜欢弗朗索瓦题写的赠言，全套的甜言蜜语，温柔的"关键词"，平日里极少宣之于口的，现在都化成了文字，足以让我融化了。

如果赠书人忘了题词，我会讨上门去，甚至偷一个来贴在衬页上。没有题词，我心灰意冷，只好自己写上

"某某人赠，于某日"。多年之后，我还能记起约克是什么时候、为什么以及在怎样的场景下送给我一本《变成狐狸的女人》[1]。约克最近怎么样了？我去打个电话给他，约他一起吃晚饭。

---

1 《变成狐狸的女人》(*Lady into Fox*)，英国作家大卫·加奈特 (David Garnett, 1892—1981) 的小说。

从奇思异想到恶作剧
Fantasmes

　　我一向不喜欢出言不逊亵渎圣灵,虽然我并不常去教堂。好在我从未把书奉为神明,反而对敢于向圣贤之书发难的恶作剧想入非非。遇上心情沮丧的日子,我不会自暴自弃到独自躲进厨房,手持鸡腿大咬大嚼,但会神经质地把菜肴里用作点缀的水芹一根一根捻出来。同样地,我无法忍受在书页上折角,却喜欢在最后的空白页上胡乱涂鸦。

　　不管有没有道理,我总觉得正是这些偶尔为之、无伤大雅的放肆行为,才避免我日后犯下后果严重、无法弥补的过错,比如把书给烧了。儿歌在怂恿我("本子在火中烧,书本也烤焦"),而良知又制止我。给书上火

71

刑，不敢，但用水淹呢……我经常在洗澡时看书（在有高仪牌冷热水混合器之前，我就用脚趾操纵冷水和热水龙头，动作比《宠姬》[1] 的女主人公还要敏捷），每次都想把书丢进浴缸里。这个念头越来越强烈，难以遏制。终于，1995 年 11 月 21 日，我迈出了历史性的一步。那天，我正巧读完一本口袋书，书的名字注定了它的悲惨命运：《莉莉的迷失》[2]。我看着它在浴缸里漂浮、下沉，心情无比舒畅。它沉得太慢了，我使劲往下压，一大片肥皂泡翻腾着溢出了浴缸，手臂在无数碎裂的泡沫里一阵酥痒。接着，我松开手让它浮上来，这时书的封面已经拱得像座宝塔，书页卷拢，像是编成辫子又散开的卷发。这时我感受到了"愧疚与解脱"（自相矛盾，简直是简·奥斯汀风格的书名[3]），我淹死了一本书，我真的做了。哎哟！想起来了，我在洗澡水里加了绿柠檬油，太晚了，这个疏忽让刽子手名誉扫地，成了笑话一桩。

1　《宠姬》(*Belle du Seigneur*)，瑞士法语作家阿尔贝·科恩的小说。

2　《莉莉的迷失》(*The Fly in the Ointment*)，英国作家安娜·海克拉夫 (Anna Haycraft) 的"避暑别墅三部曲"(Summerhouse Trilogy) 之一。

3　指奥斯汀的代表作《傲慢与偏见》、《理智与情感》。

尽管由此发现了柠檬油的又一功用（让口袋书的粗劣纸张变得柔韧），我还是大失所望。斗胆犯禁变质成为胡闹搞笑，无政府主义者的暴动降格为轻佻女子的任性妄为，一切乐趣消失殆尽。

第一次对书下毒手就遭此惨败，从此断了我的破坏欲。虽然有时也想把厚厚的书肢解成若干分册，但我对大部头的偏爱最终战胜了实用性的考虑。我暗地里由衷地佩服玛丽，多年来她往返于巴黎和里尔之间，每读完一本侦探小说，就把书从火车车窗扔出去。我读过的侦探小说屈指可数，即便如此，我也下不了手。

不过，我喜欢在正文开始之前的页面上画点水彩。最近重读了弗里欧出版社（Folio）的《丧钟为谁而鸣》，第 395 页上方，也就是描写安德烈斯最后的思绪那段，我用水粉颜料画了一片暴风雨的天空——怪癖就是这样开始的。我画得糟透了，以为自己再也不会干这种蠢事，除非精神失常，被绑起来送进德农精神病院（这正是我日夜担心的事情之一）。

可我知道，在发疯之前我还是会画的。一本被水彩、水粉和素描完全覆盖的书，就像一本货真价实的素描簿，多么有意思。是啊，为什么不画呢？但在哪些书上画呢？心爱的书有点可惜，讨厌的书呢，会不会显得太没器量？

读书惹来的意外之灾
Accidents

　　翻开记事本，"事故"历历在案。都有什么呢？莫名其妙地遭殃，倒霉透顶地粘上了口香糖……就先归纳这些吧，接下来我要讲因为边开车边读书、或者边走路边读书而惹来的意外之灾。

　　有一次，弗朗索瓦趁着堵车埋头读他的《世界报》，结果和人家撞了车。从此之后，我就不厌其烦地教育他："要么看书，要么开车，只能任选一样。"说得多了，我觉得自己头上几乎生出尖尖的野牛角[1]来——但也是

1　"野牛角"，形容一个人执拗有勇气，不肯放弃难以解决的问题。或出自《旧约》摩西评价约瑟为牛群中头生的公牛，"有威严；他的角是野牛的角，用以抵触万民，直到地极"。

枉然，弗朗索瓦屡教不改，逮住一切机会读书。我讨厌我们一起散步时，他把鼻尖凑到《高卢战记》里读得忘乎所以，就像个醉心经书的小神甫。在我和恺撒[1]之间，他竟然……这太不公平了！他的眼睛盯着书，却从来没有一头撞到树上，或者被石头绊倒，也从不会踩到牛粪，可是我……

弗朗索瓦的行径惹恼了我。然而从我家到舒瓦齐门的路上，我同样觉得百无聊赖，只管自己低头读书。只要光线够亮，我就一心扑到书上，懒得对中国肉店、拥塞喧闹的环城公路和任何钟点都会套上荧光运动服在网球场跑前跑后的怪人们看上一眼。街区的几只小狗出来溜达，它们越是在光秃秃的中央草坪上撒欢儿，我就读得越心安理得。我读着读着，将穿过王子门广场十字路口的危险置之度外。要在平时，我会东张西望，来回踯躅，反而更加危险；进入了心无旁骛的阅读状态之后，我翻着翻着书就走过了十字路口。我的心不在焉让司机

---

1 恺撒（102 BC—44 BC），罗马共和国末期杰出的军事统帅、政治家，著有《高卢战记》。

76

们责任感倍增，因为缺乏回应，他们不会虚张声势地大喊"你敢横穿马路，我就轧死你"，也懒得徒劳地狂叫"疯子！"或者"笨蛋！"，他们当我是平衡杂技演员或者梦游症患者，就怕我会突然昏倒或者扑到他们车上一阵乱敲。全神贯注的读者是招惹不起的：在脖子上轻轻吻一下，他就会吓得蹦到天花板上。读书的时候，他就脱离了现实世界，离群索居。若是有人企图阻止他读完某个章节，就算他平时再彬彬有礼，此时也会变得粗鲁野蛮。只要不是心甘情愿地放下书本，他就是个极其危险的人物。

书架的坍陷滑坡也被我算成意外事故。弗朗索瓦永远忘不了那可怕的几分钟：玛德里克书架的支撑板不堪重负，突然之间倾斜迸脱，厚重的书本纷纷往下落，眼看就要整个散架。弗朗索瓦伸出头、手、肩膀、膝盖，各个方向抵住书架，小心翼翼地用手推，用肩膀顶，终于让它颤颤巍巍地保持住了平衡。接下来还有更细致的活儿：踩着小板凳，拧紧支撑架，必须蹑手蹑脚，免得再次引爆那个重磅"炸弹"。

我们在巴罗街的公寓不仅年久失修，还有一个危险无时无刻不在窥视着（更确切地说是在威胁着）楼下的邻居。我经常做噩梦，梦到我家的地板在书架重压之下分崩离析，压扁了楼下的勒伯夫人和她的儿子。我们汲取了教训，在搬进伊夫里的房子之前，弗朗索瓦让人在底楼加了几根支柱，用来支撑他那上万本书的重量，然后一丝不苟地把书放进书架。我得意地看着书本在天花板下摞得足有四米高，觉得从此可以太平无事了。直到有一天，我从露台上下来，经过弗朗索瓦的书房，突然感到一阵眩晕。房间在我眼前摇晃。我立刻在楼梯上坐下来，以为是最近一次手术的后遗症。我大着胆子睁开眼，房间倾斜得更厉害了，这时我才意识到是书架陷进了地板。为了不让它加速塌陷，我赶紧踮着脚尖撤退。这回又得把书一本一本取出来，掀开地毯，加固地板，嵌填裂缝……十五天之后，书房终于修葺完毕。为了减轻这部分书架的压力，弗朗索瓦又添置了新书柜。如今他的书房简直成了一座阴暗曲折的迷宫。

像伐木工砍树那样读书

Boulimie

有一天，让突然冲我冒出一句："你看书快得就像伐木工砍树。"鉴于让对森林的热爱，这个比喻让我大吃一惊。他说得对，不过我得暴食症已经很久了，小时候读《故事与神话》，就像啃香脆的面包棍那样速度惊人。

因为结识了许多臭味相投的朋友，我开始了所向披靡的"砍树"生涯。在德雷内，听着雨声和戴勒合唱团[1]的音乐（那个季度的另一个新发现），我与昂德里耶一

1　戴勒合唱团（Deller Consort），英国歌唱家阿尔弗烈德·戴勒（Alfred Deller, 1912—1979）创立的乐团。

家人一起吞下了《人间喜剧》。几年之后，轮到吉奥诺[1]的书被砍。在普罗旺斯的波莱纳，知了的叫声令人抓狂，我和弗朗索瓦、奥利维埃躲在灌木树荫下大谈吉奥诺，想起"洋溢着女人味的风景"这样的妙语，笑得死去活来。有一天，趁着吃色拉拌饭，我们把碾碎的米粒抹在嘴角，在被阳光晒得发烫的草丛里翻滚，模仿《屋顶上的轻骑兵》里垂死挣扎的霍乱患者。后来读《埃纳蒙德和其他怪人》的时候，我已经离开普罗旺斯，这部作品的笔调生硬得就像磨刀石。有些人只读过吉奥诺那些再生纸般萎靡不振的作品，便对他口诛笔伐，他们真该多读一些书再下结论。

　　我总是这样暴饮暴食地读遍某个作家的全部作品。莉塞特极力推荐布林克[2]，我就冲进斯多克出版社，风卷残云地搜走了他所有的书（书名都起得很有诗意）。读

1　让·吉奥诺（Jean Giono, 1895—1970），法国著名作家，《屋顶上的轻骑兵》（ Le Hussard sur le toit ）为其代表作，《埃纳蒙德和其他怪人》（ Ennemonde et autres caractères ）是他后期的作品。

2　安德烈·布林克（André Brink, 1935—　　），南非小说家，代表作有《干白季》、《沙漠随想》、《风中一瞬》等。

辛格[1]和科莱特也一样。某个晚上，第一次读到西默农的书，我就知道未来几年里又将倒掉一片森林。

问题在于，有的作家高产，有的作家难产。一口气读完了他们所有的书，就得再等上三年才能看到一部新作。这些作家真不够意思，他们不在乎读者的愤怒，不慌不忙地等待着灵感的闪现或者美酒的激发，高兴了写本书玩玩，没钱了写本书赚稿费。我热切期待着科马克·麦卡锡的新作，就像眼巴巴盼着肉骨头的小狗。

不管怎么说，喜爱"七星文库"的人们肯定会得营养不良症，但他们依旧痴迷。了解一部作品或一个作家并加以模仿，没有比这更好的了。读者可以慢条斯理地分析作家的癖好、弱点、惰性、技巧和章法，感受乞丐在太阳下一个一个压扁虱子的快乐。读者渐渐习惯了作家的怪癖，就像接受朋友身上的缺点。作家变得平凡，太过平凡，变得像家人一样熟悉亲近。当然，与维亚拉

1　艾萨克·巴什维斯·辛格（Isaac Bashevis Singer, 1902—1991），美国意第绪语作家，犹太人，1978 年诺贝尔文学奖得主，代表作有《撒旦在戈雷》《卢布林的魔术师》等。

特[1]交往没什么好处，记住和他保持距离。读过《宠姬》和《我母亲的书》之后，我想读遍科恩[2]所有的作品，也不在乎其余都是炒冷饭，其实不读也罢。最糟糕的是见到作家本人。我曾在访谈节目现场目睹一个神话的破灭，我心目中的英雄正襟危坐，拘谨得像咖啡勺里的方糖。朱利安·格拉克[3]是明智的，他始终躲在出版商背后，低调安分，我因此毫不犹豫地原谅了他那本拙劣的《七座小山丘》，一部地理教师编的平庸教材，实在有失格拉克的水准。

作为成年人，确实不该再像伐木工砍树那样读书。暴饮暴食会引起消化不良，看书贪多贪快，也会不解其中滋味。

1　亚历山大·维亚拉特（Alexandre Vialatte, 1901—1971），法国作家，卡夫卡作品的法译者。

2　阿尔贝·科恩（Albert Cohen, 1895—1981），瑞士法语作家、诗人、戏剧家。《我母亲的书》（ Le Livre de ma mère ）发表于 1954 年。

3　朱利安·格拉克（ Julien Gracq, 1910—2007 ），法国作家，作品具有超现实主义风格。他认为作家不该比作品出名，是法国文坛中比较低调的作家。

作家不该在演播室

Sellettes et piloris

少年时代,我不会错过任何一集《大家都来读》[1]。主持人杜马耶(Dumayet)、马克斯－波尔·富歇(Max-Pol Fouchet)和德格诺普(Desgraupes)比接受他们采访的作家更令我着迷。收看节目时我仿佛身临其境,坐在摄影棚中间搭起来的小客厅里接受盘问。一想起那些强加于人的忏悔和唇枪舌剑的交锋,我就紧张得喉咙发涩。谁最可怕呢? 杜马耶严厉的目光击退我所有的勇气;德格诺普慈眉善目,可我还是簌簌发抖;马克斯－波尔·富歇倒不怎么让我害怕:他永远不会读到我写的蹩脚诗歌。

---

1 《大家都来读》(*Lecture pour tous*),法国第一个读书类电视节目,于 1953 年 3 月至 1968 年 5 月间播出。

电视访谈将作家频频置于尴尬的处境，也让我这样的观众感受到窥人隐私的不安，我由此明白了作家的位置的确不在电视演播室。他们写作，往往就是因为不愿意、不能够或者不善于说话，声音已退居为他们的第二语言。会有人反对我说，在古希腊和中世纪的法国都曾涌现出多才多艺的游吟诗人，不少文学作品也是在高谈阔论的沙龙里诞生和解读的。没错，然而杜德芳夫人[1]不是比沃[2]，勒比纳斯小姐[3]不会以左右作家的命运为乐，狄德罗[4]也没有给拉出来与阿朗贝尔[5]比较。福楼拜把《萨郎波》拿给他的朋友布耶看，布耶都不敢指出在书中某一段，"他们的"这个词在六行里出现了七次！

---

1 杜德芳夫人（Madame du Deffand, 1697—1780），法国女文人，以其沙龙闻名。

2 伯纳德·比沃（Bernard Pivot, 1935—　），法国记者、电视文化访谈类节目主持人，龚古尔文学奖评委。

3 勒比纳斯小姐（Mademoiselle de Lespinasse, 1732—1776），法国女文人，以其沙龙闻名。

4 狄德罗（Diderot, 1713—1784），法国唯物主义哲学家、美学家、文学家，百科全书派代表人物。

5 阿朗贝尔（Jean-le-Rond Alembert, 1717—1783），法国数学家、哲学家，参与了狄德罗的《百科全书》的编撰。

时至今日，我们是根据什么来评价频频曝光的作家？他是口若悬河还是寡言少语，是冷静沉着还是满腔热情，是容貌俊美还是邋遢猥琐？我们该听信主持人的介绍还是当众朗读的作品选段？该怎么理解其他受邀嘉宾一本正经的褒扬或者毫不掩饰的贬低？如何看待本期主角在对手面前表现出的优越感，甚至傲慢？是的，依据这一切以及这一切的反面。为了一场鼹鼠和狮子之间不平等的角斗，不同类型的作家面对面或背靠背地坐到了一起。即使是最机灵的鼹鼠和最雄健的狮子，他们的辩论还是叫人恶心。短暂的热身之后，混战很快转为蜻蜓和牦牛之间的嬉戏，细细听来，可以发现同一种论调："您的翅膀轻盈透明，怎能如此残忍无情？""您的身躯看似健硕，可还是这样细腻柔弱！"这位作家就像婉转善鸣的夜莺，他随口说出的话似乎和书里的文字一样，巧妙操纵着完美的字句。观众最终会去买他的作品，读过之后才发现，这只夜莺还没学会筑巢。偶尔也会有奇迹发生，但为此得虔诚祈祷千百次！

　　与电视相比，电台访谈节目不太能影响我对一部作品的看法。任何作品都应该是自给自足的。避开了众人的目光，作家更能专注于倾诉、解说、阐释、辩论。跟那个与演艺界同仁一起默记台词，焦急等待着上场的嘉宾相比，此时的他更为坦诚。

至于评论家，他们在电台的表现令我感到可怕。他们成群结党，极尽吹捧诋毁之能事，自诩言谈风雅、妙语连珠，在我听来却十分造作。然而，当听到波拉克[1]孤军奋战为柳德米拉·乌利兹卡亚[2]辩护时，我又抵御不了诱惑，还来不及把行李放到我们在迪耶普[3]度周末的旅馆，便心急火燎地冲进书店买下了她的《索尼耶契卡》（Sonietchka）。

在评论家的鼓吹怂恿之下，我买回了几吨重的书。买得越多，对他们的装腔作势就越恼火。这些书总让我想起他们的虚伪矫情、故作亲密，想起他们不合时宜的倾诉和叫人厌烦的劝诱。他们泄露故事情节，揭露作者隐私，让我知道得太多，太早。

---

1 波拉克（Polac, 1930—　），法国记者、作家，电视和电台节目制作人和主持人。
2 柳德米拉·乌利兹卡亚（Ludmila Oulitskaïa, 1943—　），俄罗斯女作家。
3 迪耶普（Dieppe），法国北部港口城市。

最初一百名读者的口碑效应

Bouche à oreille

电视访谈节目跟我没什么关系，书评人每周一次大放厥词，就像教堂神父做礼拜时焚香那样令人窒息——可是我抵御不了人们在我耳边唠唠叨叨。媒体的狂轰滥炸让我对乌埃勒贝克[1]的新作敬而远之，但只因为西尔维对我轻声说了句"你应该读读琼·里斯[2]"，我便冒着倾盆大雨四处寻找这个阴郁的岛居女人写的书。贡巴尼书店的女店员洋洋得意地对她的同事们说："瞧，我说该把里斯的书放在书架上吧！"她做得对，我一下子

1　乌埃勒贝克（Houellebecq, 1956—　），法国作家、诗人、电影制作人。
2　琼·里斯（Jean Rhys, 1890—1979），多米尼加英裔女作家。

就买了四本。西尔维、女店员和我，我们三个人挽救了琼·里斯被雪藏库存的命运。

有一位作家（我想应该是勒·克莱齐奥），曾经说过一本书的成功与否取决于它最初的一百名读者和他们广而告之的评价。这是真的，有时候几个朋友的推荐要比一帮专业记者的奋力宣传和铺天盖地的广告更有效。再说，有什么能比成为一本新作的前十五位读者从而自命先锋更令人沾沾自喜呢？我不怕成为赞美克里斯托夫·伊舍伍德[1]的无数读者之一，但今年也许只有我注意到莉里亚娜·马格里尼[2]的《威尼斯笔记》（*Le Carnet vénitien*）并且唤起大家的注意，没有什么比这个更令人高兴了。

我不遗余力地宣传，但只要有人问我一句"最近读了什么好书"，我的脑子便一片空白，什么都想不起来。真是这样，一片空白。去城里和朋友聚餐前，我临阵磨

1　克里斯托夫·伊舍伍德（Christopher Isherwood, 1904—1986），英裔美国小说家。小说集《柏林故事》（*The Berlin Stories*）曾入选《时代周刊》20世纪百佳英文小说。

2　莉里亚娜·马格里尼（Liliana Magrini, 1917—1985），法国女记者，出生在意大利威尼斯。

枪，把喜爱的书名都审查了一遍——最后还是忘了提最近一个月里读过什么书。健忘成这样，我只恨不得大声咒骂自己。有时候，在被"拷问"的压力之下，我甚至连放在包里那本书的名字都说不上来。

　　幸好我的朋友们没那么糊涂。邻居欧内斯特跟我在走廊里碰上总会闲聊几句（这类谈话通常短得可以用秒表计时）。有一次，听说"动物友人协会"（Association des Amis du zoo）被改名为 SECAS[1]（发音就像"娼妓"pétasse 或者"倒霉"mélasse），把我气坏了。为了安抚我，欧内斯特立刻推荐了弗雷蒙的《植物园》（Le Jardin botanique）。还有让-罗贝尔，一脸阴谋地递给我一本布劳维斯[2]的《清晰的红》。巴贝特，我们在摩洛哥卡马格海滨度假时的女房东，向我推荐了博斯科[3]。在卡萨布兰卡逗留期间，乌法一个劲儿地催我去读阿布德拉

1　SECAS（Société d'encouragement pour la conservation des espèces en voie de disparition），法国濒危动物保护组织。

2　耶龙·布劳维斯（Jeroen Brouwers, 1940—　），荷兰记者、作家。《清晰的红》（Rouge décanté）获得 1995 年费米娜外国小说奖。

3　亨利·博斯科（Henri Bosco, 1888—1976），法国小说家，代表作有《孩子与河流》（L'Enfant et la Rivière）等。

克·塞拉纳[1]。弗朗索瓦也希望我像他那样狂热推崇芒谢特[2]。还有我哥哥，以前我借书给他，如今他成倍地借书给我。这家伙令人惊讶：和所有1960年以前出生的不幸的左撇子一样，他的字迹潦草难辨，拼写错误百出，像是从来没上过学。可是在我认识的所有人当中，再也没有比他更敏感、细心、好奇和苛求的读者了。倘若聘请他画插图的出版社稍微有点眼光，就应该抢着让他为它们的出版物编内容简介——当然，得由他口述。

口耳相传的推广方式也有缺点，记事贴、地铁票、餐馆账单、银行卡收据和各种名目的发票纷至沓来，塞满我的世界——因为任何建议都不是白来的。我听进耳朵里，就得常常为此掏腰包，这也导致了我在郊区小屋的藏书增长缓慢。

不管怎样，我刚刚订购了科尔蒂出版社（Corti）那本埃里克·法耶的《我是守灯塔的人》(*Je suis le gardien du phare*)，这是马蒂娜推荐的。

1　阿布德拉克·塞拉纳(Abdelhak Serhane, 1950—　)，摩洛哥法语作家。
2　芒谢特 (Jean-Patrick Manchette, 1942—1995)，法国作家、评论家。

冰岛传说：读书的机缘

Coq-à-l'âne, coq-coq

对外界的刺激缺乏抵抗力，这在一定程度上解释了我读过的书为什么时而呈现高度的逻辑连贯性，时而又显得混乱无序：我狂热地到处觅食，其间伴随着不定期发作的单狂症。查看各个时期的读书单，我发现：

1992 年 12 月底，我读了伊沃·安德里奇[1]的《荷马·帕夏·拉塔斯》（以前就读过，没有读完）、富尔尼耶的《埃贡·席勒[2]》（一本糟糕的传记）、吉奥诺的《真

---

1 伊沃·安德里奇（Ivo Andric, 1892—1975），塞尔维亚作家，1961年诺贝尔文学奖得主。作品《荷马·帕夏·拉塔斯》（*Omer Pacha Latas*）的同名主人公拉塔斯（1806—1871）为 19 世纪土耳其将军。

2 埃贡·席勒（Egon Schiele, 1890—1918），奥地利画家。

正的财富》（*Les Vraies Richesses*）以及吉尔贝[1]的《我的仆人和我》（*Mon valet et moi*）。

第二年1月初，一口气读了六本马夏多·德·阿西[2]的作品。

3月，读了《环颅旅行》（*Voyage autour de mon crâne*）（写得棒极了，可我记不得作者的名字了）、《小姐们的自述》（*Le Moi des demoiselles*）（精彩之作），还有两本保罗·奥斯特的书，就读了两本。我不是很喜欢奥斯特，所以没有把他当做经典一口气读完。或许至少应该再尝试一下。

近来，因为迷上了丹麦作家戎·里耶尔（Jørn Riel）[3]，我就给权威评论家雷吉斯·布瓦耶[4]写信，指责他没有在《斯堪的纳维亚文学史》中介绍里耶尔，他回信

---

1 艾尔维·吉贝尔（Hervé Guibert, 1955—1991），法国作家、摄影师。

2 马夏多·德·阿西（Machado de Assis, 1839—1908），巴西作家。

3 戎·里耶尔（Jørn Riel, 1931—　　），丹麦作家，以描写格陵兰岛的作品闻名。

4 雷吉斯·布瓦耶（Régis Boyer, 1932—　　），文学评论家，巴黎索邦大学斯堪的纳维亚语言文学教授。

嘲笑我竟然会对这位与比尔吉塔·特鲁齐格[1]不可同日而语的作家青睐有加。但这并没有妨碍我向身边的亲友大肆派送里耶尔的书：英格里德、让－罗贝尔、"爸爸家"的厨师里夏尔，还有奥利维埃，因为是他让我发现了这个宝藏，就当付利息了。这造成了滚雪球效应，一时间朋友们都在互相赠送里耶尔的书。和哥哥一样，我送出了一百本，也收到一两本。让－罗贝尔送了我一本《弗若迪尔的激情》(*La Passion de Fjordur*)，很显然，这本书我早就买过了。

我在"纸张泡沫"书店寻找里耶尔最近出版的口袋书，意外发现了一位挪威女作家，厄尔布若格·瓦斯莫[2]。我随即拜读了她的《蒂娜的书》的前两卷——还有八卷！我放弃了。接着我对中国文学展开了为期十五天的巡游，这只是段小插曲，布荣·拉尔松[3]的侦探小说《凯尔特人的聚会》(记得要送一本给菲利普和让－罗贝

1 比尔吉塔·特鲁齐格 (Birgitta Trotzig, 1929—2011)，瑞典女作家。
2 厄尔布若格·瓦斯莫 (Herbjørg Wassmo, 1942—   )，挪威作家。《蒂娜的书》(*Dinas bok*) 为 "蒂娜三部曲" 的第一部。
3 布荣·拉尔松 (Björn Larsson, 1953—   )，瑞典作家，兰德大学法国文学教授。《凯尔特人的聚会》(*Den keltiska ringen*) 1995 年发表。

尔）很快又让我回到了斯堪的纳维亚文学的沃土上。我还读了彼得·奥格[1]的《雪地迷踪》和《雪之恋》，读得昏天黑地。有一阵儿，我整个儿沉浸在雪地旅行里，浑身散发着北欧味儿。就这样吧，暂时告一段落，我不想再读任何类型的北欧小说了。但我将时常回忆起这些美丽的冰岛传奇，布瓦耶会原谅我无法欣赏特鲁齐格吧。

每本书的遭遇都是无数因果的聚散勾连：读者与作者在某个国度偶然相遇了，他周围的环境，拿在手里那本书的大小和设计，打开书本时的心情，那时的季节，读书的地点……太多了，每个细节都是可遇而不可求的机缘，没有一个是无关紧要的。

---

1 彼得·奥格（Peter Høeg, 1957—　），丹麦小说家。

穿越新桥的地铁

Métro, dodo, boulot

吕卡曾经略带感伤地说：“我只读书评。”我呢，我把小说和书评换着看，它们相安无事地分享我的阅读时间。

读历史学和社会学评论——这是我的工作。我仔细修改，精心润色，让它们文从字顺、有理有据。简而言之，我是个文字编辑。我喜欢干这种活儿，这份小学教师的琐碎工作让我得以面对一个又一个话题，接触到截然不同的领域。

我尽心尽力，这可不是吹的，作家们对我的工作无可挑剔，他们当中的大部分因此成了我的朋友，尽管我绝不会放过他们笔下任何一处重复、啰唆、废话和错误，就像个严厉的小学老师。有时，我扮演起完美主义者的角色，譬如纪德[1]翻译的《台风》[2]，第二页不到六行里就用了"不雅的"、"优雅"和"优雅的"三个词。无论对于伟大的作家还是伟大的译者，这种重复都是败笔。

编辑工作刺激而有趣，可是在和一篇又一篇评论进行了八小时无声的战斗之后，我还是渴望放松一下。于是当我冲进地铁坐下来之后，就开始沉浸于某部小说中。上床时，我又重新拿起小说，幸福无比，因为我知道这晚我不会做噩梦了。

是的，我经常梦到自己正在修改评论，就像被下了咒语。半睡半醒之际，一个个句子全都走了样，在我眼前鱼贯而过，我用神奇又荒唐的方式将它们重新排列组合。有时候我会梦见一个章节的文字在天空中爆炸，形成一朵巨大的蘑菇云，就像原子弹那样，我悲哀地望着它们，想着又得重新整理了。我还在梦里见到克利斯多

---

1 安德烈·纪德（André Gide, 1869—1951），法国著名作家，1947年诺贝尔文学奖得主，代表作有《人间食粮》(Les nourritures terrestres)《背德者》(L'immoraliste)、《窄门》(La porte étroite) 等。
2 《台风》(Typhon)，波兰裔英国作家康拉德的小说。康拉德以英语从事文学创作，与纪德是朋友。

夫·普罗夏松[1]戴着领带，穿着赛车手的服装，央求我允许他在《知识分子、社会主义和战争》的每一百页中至少能用一次"杂志"这个词，而我身着睡服，将法兰西学院奖章踩在脚下，严词拒绝。我看到自己顶着一头"肥皂泡"[2]，从那里不断冒出"杂志"所有的同义词："周刊？""月刊？""双月刊？""季刊？""报纸？""机关报？""新闻简报？""期刊？"

严格来说，这些都还算不上噩梦。但是吃完午饭之后，我必须看会儿小说减减压，才有勇气继续向论文开战。

书以这样那样的方式占据了我整个生命，我的生活因此也向种种可能性开放。列车每天穿越新桥时，即便眼前是全世界最美丽的城市风景，我的思绪仍在书中飞扬，从昨天起就萦绕在脑海中的段落分散聚合。与此同时，我想象着自己永远不会成文的千百部小说那些令人

---

1 克利斯多夫·普罗夏松（Christophe Prochasson, 1959— ），法国政治史、文化史专家。《知识分子、社会主义和战争》（Les intellectuels, le socialisme et la guerre）为其在瑟伊出版社出版的专著。

2 即漫画中注明人物心理活动或对白的泡状框。

难忘的卷首语……经过舒瓦齐门和伊夫里门之间的环城桥，还是没有给我什么灵感，但我喜欢每当夜幕降临，旋转灯塔上一边金黄一边火红的灯光交相辉映。我对自己说那是一个孕妇即将迎来她的宝贝，或者一个坠入爱河的救护车司机赶着去赴约，我才不把它想象成熊熊烈火正在吞噬房屋，有些鲜活的生命正在消失。

我的少年时代是在亲戚朋友家的书房里读口袋本小说度过的，可我现在的工作玷污了它们和我之间的纯洁关系。有一段时间，我负责编辑解放者出版社的两套袖珍版丛书，它们从此变成了折磨人的暴君。我深感亏欠它们的太多了，想让这两套书无懈可击。我花了一个又一个星期对它们精雕细琢，直到旁人都劝我不要再在上面"耗费青春"。我试图弥补我的热情给自己造成的严重损失——方法是再编写一些"令人无法抗拒的"说明插页，我认为它们至少能让潜在买家的数量翻倍。

诸如此类的事件仿佛是发生在史前期——那时我还在咒骂口袋书的纸张粗劣，字小得需要随书附送放大镜才看得见，一小撮书页因为粘贴不牢脱落了。我经常对封面不满，如果我喜欢这个方案，出版社肯定选那一个。我不愿意负责这本书，出版社偏偏拒绝给我另一本想做的。总之，我投入了太多，以至于尽管工作氛围很融洽，我还是总在不安、沮丧和紧张的情绪中饱受煎熬。

我的苦难总算结束了：第一次住院，一套丛书的出版计划被取消；第二次进医院，另一套也夭折了。这纯属偶然。

因祸得福，我又重新爱上了口袋书，再无杂念。印制技术进步了，它们变得更结实，并且依旧小巧可人、光鲜漂亮。我只能挑出一个毛病：袖珍书的问世带来了大开本的没落，它们早晚会被遗弃在仓库，有些书就只剩下袖珍版了。在很多隆重的场合，怎样才能送出一本口袋书，又不会冒犯朋友，同时不让赠书人觉得汗颜呢？

但这只是小小的不足：我还是欣赏袖珍书朴实的一面，它们紧紧依偎，书架上能省十倍的空间。让－吕克开发了一种奇妙的收纳方法，令人惊叹：他用一根小棍穿过两块固定在墙上的架书板，袖珍书立刻有了自己的家。往里轻轻一塞，它们就像停在栖木上休憩的母鸡，稳稳当当，一夜无事。

卧病在床：姑婆、妈妈和我
Alitement

我能读那么多书，首先要感谢生病。

起初是一个长年卧病在床的姑婆，自己琢磨出一套小学教师的育人理论，决定教我识字。她其实不是我的什么姑婆——每户人家都有那么几个牵扯不清的假亲戚。事实上，她是我祖母的德国侄女以前的英语老师（说得够清楚了吧）。除了我的玛德莱娜表姑，即她以前的学生之外，我想也只有我才能忍受富尔夫人，也就是被我们尊称为姑婆的夫人。

在我这个小孩的眼里，她老得至少有两百岁了。她订阅了所有的杂志，身边总是围着一堆书，坐在床上运筹帷幄，主导着"珍珠"（La Perle）的文化生活。皮埃尔叔叔有时不得不放下手中的一切事情，赶去圣艾蒂安[1]的书店取回她订购的书籍。每个沾亲带故的亲戚家的孩子，识字之后都要被召集到姑婆跟前结结巴巴背诵字母表。最大的孩子在床边给她念书，小一点儿的要接受知识测验，大人们也得依照指示温习哲学书籍。每年暑假，文学恐怖笼罩着位于上卢瓦尔省的圣西戈莱娜[2]。在巨大的压力之下，竟然没有人背叛家族选择做文盲，真是奇迹！

四岁的我还不够格参与这些活动，便被派去给姑婆充当杂役，掸刷她床单上巨大的绣花，收拾书本，拍打枕头，帮她挪动台灯或者拉开窗帘。我喜欢这份差事：她不仅不抱怨我带去的果酱饼难吃，心情愉快的时候还讲故事给我听，而且不全是用来说教的故事。自然而然地，她就按捺不住好为人师的冲动，发誓要在假期结束之前教会我识字。懵懵懂懂中，我给自己锻造了奴役的锁链。

1　圣艾蒂安（Saint-Étienne），法国中东部城市，卢瓦尔省的首府。
2　圣西戈莱娜（Sainte-Sigolène），位于法国上卢瓦尔省的一个市镇。

有一段时间，我也和其他人一样开始惧怕她的热情，幸好，我要提前回巴黎了。悲哀的是，妈妈见我学得如此投入和辛苦，决定亲自教我认字。后来人们惊愕地发现，在花样百出的教导之下，我竟然没有学会大声朗读，甚至偶尔还会口吃。

姑婆究竟是病了还是老了？我想可能是病了，因为若干年之后，有一次我告诉她我"生吞了几个鸡蛋"[1]，她笑得都喘不过气来了。那时，我已经到了读《呼啸山庄》的年纪，姑婆还活着。

在这两段插曲之间的几年，我自己也时常生病，这和读书不无关系。早上，只要体温降到 39.2 度，我就有权看画报，因为人们觉得读画报不累人。我总在怀念那些快乐的上午：我坐在乱糟糟的床上，妈妈戴上擦澡手套帮我洗漱，用古龙水抹遍我全身，帮我换上干净的睡衣，把我抱到躺椅上，给我盖上鸭绒被。然后，她打开窗户，开始整理床铺。干净的床单、鼓鼓的枕头、新鲜

---

1 "生吞了几个鸡蛋"，此句原文为 j'avais dévoré "Outering Eggs"，作者告诉姑婆自己"狼吞虎咽地读完了《呼啸山庄》"，这本书英文名为 Wuthering Heights，用法语腔念出来却像 "Outering Eggs"。

的空气，这一切令人愉快，尤其当我发现妈妈在拍打过的被子下面藏了两本《淘气鬼莉莉》和《米老鼠》，我的心中充满了感激，因为我知道妈妈从骨子里讨厌"愚蠢的"儿童读物。

后来，妈妈染上肺结核住进了医院，而我被送去了寄宿学校。妈妈在医院里没完没了地注射对氨基水杨酸，也读完了欧仁·苏[1]和蓬松·杜·泰拉伊[2]的书。《巴黎的秘密》让她格外开心（她实在不该！），以至于不得不改变要读的书目：她总是看得哈哈大笑，笑声引发了致命的咳嗽。医生暂时禁止妈妈读书，于是她决定把《茶花女》和《波西米亚人》改编成亚历山大体的四幕悲喜剧（妈妈的努力当然都以失败告终）。

一年以后，我们俩都回到了家，家里还多了个佣人昂里埃特，是个红头发的诺曼底女人。她的厨艺很好，可妈妈几乎不碰她做的菜。有时候，到了下午四点钟左

1　欧仁·苏（Eugène Sue, 1804—1857），法国著名小说家，《巴黎的秘密》（ *Les Mystères de Paris* ）为其代表作。

2　蓬松·杜·泰拉伊（Ponson du Terrail, 1829—1871），法国小说家，创造了罗康博尔（Rocambole）这一著名人物形象，是他几十部连载小说的主人公。

右，妈妈突然觉得饿了，昂里埃特就趁机为她做蔬菜炒鸡蛋或者奶油小牛肉片。她渐渐发现妈妈这种突如其来的饥饿感是读侦探小说引起的，于是在买菜回来的路上，她就去书店翻翻黑色悬疑系列，只要书里能找到三明治、香肠和硬壳蛋这些词，她就买下来。运气好的时候，她能说动妈妈尝尝她拿手的兔里脊肉。她称呼妈妈为"夫人"，以第三人称和妈妈说话，对她尊崇得五体投地。只要暴风雨一来，她便躲到妈妈怀里，请求我们切断电源、放下百叶窗、关上窗户。这时，妈妈会为她端来一杯橙汁，还轻轻洒几滴在她的太阳穴上。

如果那个时候就有热爱美食的巴斯克斯·蒙塔尔万[1]的侦探小说，妈妈也许还活着，而昂里埃特肯定已经成为兼营诺曼底和加泰罗尼亚美食的餐厅主厨了。

---

1 巴斯克斯·蒙塔尔万（Vázquez Montalbán, 1939—2003），西班牙著名侦探小说家。

PASSAGE
LISA
XI

31 V 00

我甚至都不想看书了

Neurasthénie

对于一个读者，即便是一个很懂得节制的读者来说，失去阅读的热情可不是个好兆头。"我甚至都不想看书了。"这意味着他已经抑郁、疲倦、愁苦到了极点。

有一年夏天，我亲身体会到这种情绪。我晃悠悠地穿过巴黎行人稀疏的街道，从空空荡荡的办公室回到冷冷清清的家。晚上，我挪开电话听筒，关掉电视、广播和音响。我的生命之火仿佛也被熄灭了。只要看一眼书，我就累得抬不起胳膊。我鼓起勇气洗澡、吃饭、应付办公室的日常事务。这种有气无力的状态持续了三个星期，没有任何好转的迹象。我拒绝与人交流，除了"你好"、"谢谢"、"再见"不再开口说话（去便利超市买东西就是这样简单）。

在办公室，我一支接一支地抽着"高卢人"牌香烟，在烟雾里消沉。一天，我听到长长的走廊里传来了脚步声，立刻进入戒备状态，打开窗，坐直了身子等着。有人敲门，是一位作家提前来交手稿。为了向他表示感谢，我干巴巴地傻笑了一声。他吃惊地看着我："怎么，你看上去不太好。"我没有回答，他有些尴尬。我只好结结巴巴地说："我甚至都不想看书了。"他点点头，走了。我大大地松了口气，有一丝后悔，随即又回到麻木不仁的状态中……走廊里又响起了脚步声，还是那位作家，他递给我一个长方形的小包裹，上面盖着桅楼书店的徽章。"谢谢。""请打开它。"是玛格丽特·尤瑟纳尔的《东方故事集》。"再次感谢。"我勉强挤出一个微笑。"听着，不想再看书时，就该读些短篇小说。相信我，这会有用的。"我装作对他的话深信不疑，和他握握手，他便走了。

整整一天，那本书被丢在办公桌上，下班时我把它带走。当天晚上，第二个白天，它就待在我的包里。第三天回到家，我打开包找钥匙，原来它们夹在了那本书中间。我打开门，把书扔在沙发上，洗个澡，吃点东西，坐到躺椅上。我闭上眼睛，下意识地伸手摸香烟，却碰到了那本书。我笑了，或者说，我的鼻子发出了一种类似笑声的抽搐。我拿起书，打开它，跳过序言（尤瑟纳尔的序言总是充满了学究气——看来我还保留着一些常识）。我开始看第一篇故事，紧接着看第二篇。我舒舒服服地躺着，视线滑过一个个句子。阅读机器再次启动了，每读完一篇都觉得意犹未尽。危机过去了。一切重新开始。

因为有了这次经历，每当周围的人稍稍露出忧郁的神色，我就向他们夸耀短篇小说的功德，对于处在思维枯竭状态的读者来说，它们就像长篇小说那样令人满足。这种阅读不为消遣，而是一种自我调整。当然，有些注意事项必须遵循，比如千万不能送人那本残酷的《一个农场女佣的故事》[1]，那对摆脱沮丧毫无帮助。

说来可笑，我努力想要记起几个擅长写短篇小说的作家，脑子里却一片空白，这可能预示着新一轮神经质

1 《一个农场女佣的故事》（ *Contes de la bécasse* ），莫泊桑的短篇小说集。

的到来（可惜啊！读短篇小说这个治疗方法，对我已经失效了）。不管怎样，我还是为短篇小说在法兰西的振兴略做了贡献。法国人过去对文学体裁特别苛求，现在好多了。这回可不干我什么事儿，真的，大概整个法国都神经衰弱了吧。

翻词典的运动量

Usuels et dictionnaires

读者可以略去本文前两段。[1]

时间是 6 月。我在办公室里，趁着校对两篇稿子的间隙享受百无聊赖的时光。我看着面前那些多年来和我形影不离的"工作伙伴"：我的第一本《小罗贝尔词典》（1972 年版）、第二本《小罗贝尔词典》（1974 年版）、《小拉鲁斯词典》（1993 年版）、《法语同义词词典》（1994 年典藏版）、《实用拼写大全》（纳唐出版社 1986 年版）、托马斯主编的《法语难点词典》（拉鲁斯出版社 1972 年

1　原文为斜体。

版）、《完美办公小手册》（拉鲁斯 1933 年版）、《分类词典》（拉鲁斯 1980 年版）、《诗歌韵脚词典》（加尔尼埃出版社 1928 年版）、《拉鲁斯法语引语词典》（1985 年，数不清是第几版了）、安娜·普兰整理的《印刷代码簿》（瑟伊出版社内部发行本，1975 年版）、保罗·鲁埃主编的《词语涵义词典》（阿尔芒科兰出版社 1930 年版）。

在我的身后还有格雷维斯[1]的《法语用法指南》《法国、阿尔及利亚、法属殖民地及保护国市镇大全》（加尔尼埃出版社 1912 年版）、《邮政编码簿》（国家邮政电信秘书处 1981 年颁布）、《阿特拉斯历史地图册》和《阿特拉斯袖珍地图册》（斯托克出版社）、《阿特拉斯地图大全》（拉鲁斯 1985 年版）、《欧斯迪[2]圣经》、布拉夏尔[3]翻译的《古兰经》、《作家词典》（同一系列还有《作品词典》、《人物词典》和《象征词典》，被我留在家里了）、

1　莫里斯·格雷维斯（Maurice Grevisse, 1895—1980），比利时法语语法家。

2　埃米尔·欧斯迪（Émile Osty, 1887—1981），法国议事司铎，以他的名字命名的圣经由瑟伊出版社 1973 年出版。

3　里吉斯·布拉夏尔（Régis Blachère, 1900—1973），法国东方文化学者。

杜拉尔[1]的《电影词典》和《影片指南》(布西诺[2]在博达斯出版社出的那本功德无量的《电影百科全书》被我留在伊夫里了)、两本《圣灵词典》(其中一本是乔治·戴[3]编的),以及出版产业工会给的三册破旧的书目。

所有这些工具书,比我任何一部小说或者散文集都要珍贵。它们伤痕累累,污渍斑斑,受尽了虐待。绝对不能抛弃它们,我要废物利用。

各个版本的《拉鲁斯词典》都被用得惨不忍睹,陆陆续续告老还乡,家里每层楼都丢一本(情绪低落时,职业恐惧症也同时发作,看三行就觉得有十个单词的拼写需要核实。这种时候,它们就是我的《圣经》,我的救命稻草)。

我的第一本《小罗贝尔词典》,现在被撂在乐谱架上,封面已经掉了,被水泡过,书角翘了起来,上面写满了同义词、引语和说明(办公室的那一本依此照抄)。

1　让·杜拉尔(Jean Tulard, 1933—　),法国电影史学者。

2　罗杰·布西诺(Roger Boussinot, 1921—2001),法国作家、电影史学家。

3　乔治·戴(Georges Daix, 1923—2011),法国神学家。

瑟伊出版社出的词典，也被折腾得形容憔悴，早在1980年的时候封面就破烂不堪了，后来重新装订过，如今又光着个身子了。

第二本《小罗贝尔词典》，封底用宽胶带贴了一层又一层，绑得严严实实。它风吹日晒，辛苦劳作，面容饱经风霜，肌肤黝黑发亮，躯干柔韧灵活。我在书页上乱写乱画，对词条肆意补充、添加、扩展、深化，加上划线、下划线，记录法兰西学院的训诫。尽管高负荷运作，它的工作效率依旧惊人。

我现在用的这本《小拉鲁斯词典》，封底终于也掉了——至此，我最常用的三本词典都开始了隐姓埋名的生活。

《实用拼写大全》，上下各贴了一条胶布，好像戴上了黑纱。书脊磨损了，只能看清"实用拼写"几个字。这本任劳任怨的《实用拼写》，它的插页和附录中蕴藏着无穷的财富。它无所畏惧，绝不放过连《罗贝尔词典》都望而却步的拼写难点。

典藏本的《法语同义词词典》，是花十法郎买的，替代了支离破碎的《同义词词典》（楚欧出版社新出的那个版本很糟糕。用含义相近的词来解释另一个词，有什么意义呢？既无用又无可读性——又一个神话破灭了）。

《诗歌韵脚词典》，给我的蹩脚诗歌盖上了一块遮羞布。

《分类词典》，能让我一下找到马会得的所有疾病。

《词语涵义词典》，它更有妙处——附录的插图 15 详解人体骨骼，图上那具骷髅高扬手臂，仿佛战场上大喊"冲啊！"的军官；插图 6 说明人体各个部位的学名，画着一个楚楚可怜的土耳其宫女形象——我曾无数次把这两幅插图复印下来，在他们嘴边写上一些鼓励的话，寄给萎靡不振、状态欠佳的朋友。

这些劳累过度的大部头也把我累得够呛。编完《欧洲现代科学的诞生》[1] 之后，浑身酸痛的毛病再度发作，比以往任何一次都厉害。我忽然明白了其中的原因：为了校对这本书，我成千上万次地查阅了《拉鲁斯词典》、

---

1 《欧洲现代科学的诞生》(*La Naissance de la science modern en Europe*)，瑟伊出版社 1999 年出版。

《罗贝尔词典》、《多功能词典》和《利特雷[1]词典》。每天翻八小时词典的运动量都赶上田径运动员的高强度训练了。可见编辑工作看似脑力劳动，还是实实在在的体力活儿，这让我着实自豪了一把。

1　利特雷（Littré, 1801—1881），法国语言学家、词典编纂者、哲学家。

整理的欲望

Rangement

经常搬动工具书简直就像举重练习，这种锻炼常常令我觉得自己肌肉结实、振奋昂扬，有时竟也生出把堆得杂乱无章的书整理整理的念头。然而现实是，我病痛缠身，难以胜任。我知道有的人天生就喜欢整理，或者总有办法把东西收拾得井井有条，我不是。平心而论，就算弗朗索瓦占据了家里大部分可用空间——我霸占的地盘也不少。他的书集中放在一起，我的散乱在各个楼层。我习惯在床上看书（卧室在二楼），可法国文学、教材和游记类的书却挤在三楼的工作室（园艺学和植物学书籍堵住了通向露台的过道，十五本书因此占去了九个平米）。外国文学、散文集、大部分尚未开封的纸箱堆在二楼的阁楼，还有侦探小说（它们躲在备用床后面，也叫做"受难床"，因为我们俩之中的那位男士在咳嗽或者赌气时，就去那张床睡）。菜谱放在底楼厨房的搁架上，搁架同时也放碗碟（碗橱用来放酒杯和桌布了）。几本音乐书籍放在音响边上。小图册则占据了咖啡桌。

　　书虽零乱，却也乱中有序，只有一个坏处：每次怀抱一大摞书上下楼梯，总会有种在学校被高年级生捉弄的感觉。其实，问题就出在那些无序散落在各处的书上：除了床上的一堆之外，那些应该搬上去或者搬下来的书，读完之后总被我随手丢在最近的楼梯上。通向工作室的楼梯空间因而急剧缩小，每次上下都举步维艰，不得不借用衣柜旁边的小台阶。椅子上、茶几上、茶几下，到处丢满了书，连浴室也难逃此劫：辗转反侧夜不能寐时，我就去浴室读书；半夜醒来，也去那儿看一会儿书再接着睡；清晨醒得太早，还是去浴室读书打发时间。

　　其实只要稍加约束，每周进行一次小规模整理也就够了。但每到了该理书的时候，我总能找到更有意思的事情来做——比如看书。时不时地，也会有种危机感，觉得有必要收拾收拾。我让弗朗索瓦订购了一些玛德里克牌书架。弗朗索瓦倒是说干就干，可书架板送来之后，我们要拖好几个月才想起来把它们组装好。为了推卸责任，我声称书架只有最上面一层还能再装几个书板，而我一登高就头晕。恐高症是上了年纪才有的，说发作就发作。以前在诺波里[1]城墙的墙脊上跑来跑去都没事，昨天在枫丹白露森林，站在一块不过三个苹果垒起来那么高的石头上，我竟然吓得目瞪口呆。如今站上一张小板凳都让我觉得恐怖，可我还是大无畏地爬上滑轮转椅，为三楼工作室装上了窗帘杆。

　　偶尔几次，整理的欲望突如其来，终于让我克服了懒散和恐高。这种念头来得惊雷般猛烈，付诸行动也闪电般迅速，虽然我并不总是有恰当的理由。这一次，为了腾出地方摆一台小小的取暖器，我竟然痛下决心，将乱七八糟的一堆本杰明·拉比尔[2]漫画、国家博士论文、各种杂志和稿件清理了一番。订购的取暖器送到之前，我已经花了三个星期为它收拾地盘。弗朗索瓦第二天就要从里尔回来了，头一天晚上，随着十点的钟声敲响，

<hr />

1　诺波里（Nauplie），位于希腊南部伯罗奔尼撒半岛的城市。

2　本杰明·拉比尔（Benjamin Rabier, 1864—1939），法国漫画家、插画家。

我开始动手收拾，工程浩大：挑选、分类、通风，上楼下楼几百趟。忙到半夜，终于大功告成。冲个澡上床，看一小时书，时不时用满意的目光打量打量空荡荡的房子。快要睡着了……突然看到壁橱门半开着，把门关好再爬上床。瞥见椅子上堆着一些衣服，把衣服收拾好再爬上床。又发现取暖器下面有一道长长的污渍，仿佛阿丽亚娜火箭尾部拖着的白烟。下床找来水桶、橡胶手套、海绵和清洁剂。为了去掉这道痕迹，我最终把整堵墙擦了个遍，干净得就像一块广告牌。擦到穿衣镜那块长三米高两米的明净地带时，我明智地为这次大扫除画上了句号，也顾不上其他几面墙还是香烟熏得灰扑扑的样子。放好工具，重新冲个澡，上床，再起来捡起我的浴衣，又躺下。就在这时，耳边响起了小鸟的晨曲（不是夜莺，是云雀），我怎么也睡不着了，干脆把《与癌共存》[1]一气读完，然后吃了早餐，赶去上班。破天荒地，我竟然八点半就到了办公室。

---

1 《与癌共存》(*Vivre pendant un cancer*)，法国女记者玛丽－保尔·杜塞(Marie-Paule Dousset)的作品。

书痴症候群

Pathologie générale du lecteur

如果有人正在读《东方游记》[1]的大结局，或者准备开始看阿兰·蒙当东[2]的《实用礼仪大全》，又或者经不住诱惑买了本克拉林[3]的《女当家的》——那么仅仅把这些书每天放在包里背来背去，就足以把他练成名副其实的码头搬运工。因为少说也有三公斤的书，晃悠悠兜在背包里，沉甸甸压在肩膀上，从脊椎到尾椎，一节一节被

---

1 《东方游记》（*Voyage en Orient*），法国作家、诗人吉拉尔·德·纳瓦尔（Gérard de Nerval, 1808—1855）的作品。

2 阿兰·蒙当东（Alain Montandon, 1945— ），法国文学教授。

3 克拉林（Clarín, 1852—1901），西班牙小说家、批评家，原名莱奥波尔多·阿拉斯，代表作有《女当家的》（*La Régente*）、《独生子》、《博罗尼亚》等。

压垮，最后整个背脊弯成一张弓。除此之外，从早到晚埋头苦读，颈椎炎、肩周炎接踵而来，粗糙的骨痂和接触性皮炎也会不期而至。

读书上瘾危险健康，甚至有可能导致残疾。比如它会让人耳聋（"亲爱的，看完书去买棵生菜好吗？""……"），只有高压锅愤怒的喘气声才会让他从选择性失聪中恢复过来。胡萝卜烧焦了，他却一丝烟味都闻不到（诊断：暂时性嗅觉丧失综合征）。

读书还让人失眠，宁可眼睁睁地错过"睡意列车"（这种车每两个小时才发出一趟），也不愿放下读得正起劲的章节。为了不打扰"另一半"休息，他们可以坐在抽水马桶上或者浴缸里看书（我干脆在浴室里放了张躺椅），忘却时光飞逝，任凭夜色流淌，只顾一页接一页地往下翻。书痴们总说他们因为失眠才看书到天亮，却不愿承认他们是沉湎于书本才导致失眠。他们还能在手电筒、路灯、闪烁的霓虹灯、汽车照明以及烛光等各种光源下看书，终于毁了眼睛，年纪轻轻就戴上夹鼻眼镜。

爱读书的人情绪多变，喜怒无常。读艾瑞克·纽比[1]的《兴都库什山区游记》时我经常把书竖起来，躲在后面肆无忌惮地开怀大笑（顺便也让邻座看看这本好书的名字）。读到伤心处，又无所顾忌地哭出声来，主人公死了，我的心也碎了。

读书人还朝三暮四，喜新厌旧。从经典名著到侦探故事，从社会学专著到旅行游记，从历史小说到烹饪食谱，从书信集到英雄传奇……他们可以毫不费力地把这些书混起来读。1996 年 9 月 30 日那个星期，我就以这种方式读完了《贝奥武甫》、瓦加斯[2]的《蓝色圆圈之谜》、科马克·麦卡锡[3]的《果园守护人》和杜芙-戈登夫人[4]

1　艾瑞克·纽比（Eric Newby, 1919—2006），英国游记作家，游踪极广，著作等身。兴都库什（Hindou Kouch）为亚洲中部的高大山脉。

2　弗雷德·瓦加斯（Fred Vargas, 1957—　），法国著名犯罪小说家，《蓝色圆圈之谜》（L'Homme aux cercles bleus）为"伯格探长"系列之一，曾获多个奖项。

3　科马克·麦卡锡（Cormac McCarthy, 1933—　），小说家、剧作家，美国当代文坛大师，代表作有《血色子午线》、"边境三部曲"、《老无所依》、《路》等。《果园守护人》（The Orchard Keeper）是他的首部长篇小说。

4　杜芙-戈登夫人（Lady Duff-Gordon, 1863—1935），英国著名时装设计师，著有《埃及信札》（Letters from Egypt）和《开普敦信札》。

的《埃及信札》。

他们的脑瓜能装下这么多东西吗？当然不行。他们通常很健忘，读到一本好书，以前看过的就忘到九霄云外。因此他们会把精彩之处摘抄下来以免遗忘，但经常也会一连好几个星期把这事彻底忘了。我怎么都记不起是在哪本书里读到一段抨击"艺术的性别"展览的惊世骇俗之词（哦，想起来了，是蒂埃里·荣格[1]的《摩洛》），忘记了诺曼·刘易斯[2]的《逃离赤道》表现了什么主题，对赫塔·米勒[3]的《人是世上的大野鸡》也只有非常模糊的印象。聚斯金德[4]不就在一篇文章里传神地描写过这种感受吗？那篇文章后来又被哪本书转载过一次？……我发誓，我真的不是故意装傻，我的记忆出现了空白，

1　蒂埃里·荣凯（Thierry Jonquet, 1954—2009），法国小说家，著有《摩洛》（*Moloch*）、《牢笼回忆录》、《美女与野兽》、《淘金者》、《狼蛛》等二十余部犯罪小说，多次获得法国各项推理小说大奖。

2　诺曼·刘易斯（Norman Lewis, 1908—2003），英国著名小说家、游记作家。

3　赫塔·米勒（Herta Müller, 1953—　），德国女作家、诗人，2009 年诺贝尔文学奖得主。

4　帕特里克·聚斯金德（Patrick Süskind, 1949—　），德国作家、剧作家、电影编剧，1985 年出版的《香水》令其享誉国际。

脑子一团乱麻。不过，莉里亚娜很快会让我摆脱困境的。

好了，她帮我想起来了：那是 1987 年 12 月，昙花一现的《文学报》上一篇题为《文学健忘症》的文章。法耶尔出版社 1997 年出版的《一场战斗和别的故事》转载过这篇文章。

Rue
Jouie
Rouvé
25 III 00

不识时务的偷窥者

Indiscrétion

读书人体格强健，背个装着几本书的包不在话下——包里当然还得装点别的东西——但他们在精神上格外脆弱，有着近乎病态的敏感。我就是这类外强中干的读书人。有人窥探我正在读的书名，我就会火冒三丈，要是这个冒昧的家伙还敢不识时务地以眼神询问："你看的是什么书？"就更令人忍无可忍（没用的书呆子）。要是我正津津有味地读着《孔雀的主人》[1]（旁人插一句"啊，您喜欢动物"），或者西蒙娜·德·波伏娃的

---

1 《孔雀的主人》(*Le Maître des paons*)，法国作家让–皮埃尔·米洛瓦诺夫 (Jean-Pierre Milovanoff, 1953—　　) 的作品。

《致奈尔森·阿尔格的信》（*Lettres à Nelson Algren* ），那倒也罢了。可如果我手里正捧着派翠西亚·康薇尔[1]的新作，怎么才能让人相信，我总的来说并不喜欢侦探小说，尤其不喜欢手上正看的这一本？又怎么才能让人相信，我到了五十岁才开始接触侦探小说，而且纯粹是出于职业意识才读的？（当然，打那以后，我看过的侦探小说已经足以弥补之前在这方面的先天不足。）

不管我看的书是否登得上大雅之堂，只要被别人偷窥到书名，我就很恼火。记得有一次，我的背包没扣好，马里奥·普拉兹[2]的《肉体、死亡与魔鬼》探出头来，正好被雷吉斯撞见，他那吃惊又得意的表情，一想起来就让我生气（根据夹在书里的西里尔的信和银行回单来推断，故事发生在1977年）。其实我挺喜欢雷吉斯这个人的，可就是讨厌他那眼神："咦，你怎么读一本给小学徒写的书……"似乎这本书就是我文化品位的代言人。

1　派翠西亚·康薇尔（Patricia Cornwell, 1956—　），美国记者、作家。
2　马里奥·普拉兹（Mario Praz, 1896—1982），意大利作家、评论家。《肉体、死亡与魔鬼》（*La Carne, la Morte e il Diavolo* ）又名《烂漫的痛楚》，该书全面审视了18世纪末、19世纪初欧洲作家笔下的情色和病态主题。

总之，哪怕手里的书是所谓的"高雅文学"，读书人也要做一番解释，就像把手指伸进蜜罐里偷吃蜂蜜被发现了，于是羞愧难当地辩护说自己其实更喜欢安的列斯血肠。

　　询问、好奇，偶尔也透着善意，旁人投来的目光形形色色、内涵迥异，读书人对此装作毫不在乎，实则深恶痛绝。他们假装继续看书，然而思路已经被打断了，只能在心底默默地抗议。话说回来，各种各样的眼神尽管讨厌，却终究要好过最可怕的一句："您看的是什么书？"让人听了心惊胆战。那是一个前奏，随之而来的必定是一连串没完没了、轻率突兀的盘诘。提问的家伙要么长着蠢笨模样，好像生下来只读过地铁线路图；要么就摆出一副自命不凡的样子，居高临下，仿佛你在他面前不过是乳臭未干的高中生。

　　我也绝对不能容忍有人从背后偷瞥我的书，这种感觉就像洗澡时有人闯了进来，要和我共用一个浴缸。这种分享令我倍觉羞辱，无法接受，仿佛有人在我的心里投下一颗石子，书中文字在湖面上一圈圈地荡漾开去，句子开始摇晃，一切都变得模糊，于是干脆放下了书本。

要是别人乱翻我的书，我会怒不可遏：这是我的私人物品，就连弗朗索瓦也没这个权利，这样做只会招来我毫不留情的怒斥。

读到这里，你可能会觉得我是个脾气古怪、粗暴无礼、歇斯底里的老处女。没办法，我也不想这样，但我控制不了自己。在我眼里，这些看似亲昵的举动与流氓行径没什么区别（虽然与性无关，却涉及个人隐私）。

其实，这类让我怒火中烧的僭越行为，我自己也会无意识地去干，而且干得很放肆、很熟练、很虚伪。说到底，是近视让我占了便宜：若无其事地戴上眼镜，朝四处张望，然后不动声色地用眼角的余光向书页上方扫去——那儿通常印着书名。接着，我会展开各种粗鲁蛮横的揣度分析，进行各种站不住脚的推理："真是个漂亮姑娘，可是读《黑暗中的碎麻器》[1]的人应该满脸雀斑才对。"

---

1 《黑暗中的碎麻器》（*Broie du noir*），法国作家吉拉尔·德·维里耶（*Gérard de Villiers*, 1929—　）的间谍小说。

出发，一路读过去

Déplacement

几天之后，我可能去海滨度假，也可能去住院（究竟去哪儿，得看居里医院的医生明天怎么说）。去的地方不同，要带的书也不同，只有一个共同点：不管是去海滩晒阳光浴，还是去医院挨手术刀，带的书都会多得读不完。

第一本书的选择通常具有决定性意义。我的朋友迪玛给自己订了条规矩：选一本已经开始读的书。我很少学她的样儿，但这的确不失为明智之举，尤其我这人在任何情形下都会不停地问自己："为什么挑这个地方看这本书？为什么选这个时间？"不由得让人联想起那本

《我在这儿干什么》[1]——大概还因为最近读了《来自美洲的侄儿》，作者塞普尔维达[2]和查德温一样，为丢失了心爱的黑色"鼹鼠皮"[3]笔记本而悲呼。老剧院街的文具店确实已经被服装店取代了，但这种笔记本在格雷古瓦－德－杜尔街的凯奈克文具店里还能找到，昨天我在多芬街[4]"买支笔"文具店的橱窗里也看到了。

言归正传，接着来谈我们的假日读书计划吧。这时候，平时受尽冷落的书终于有机会重见天日了。唉，时光流逝！那些坍塌的书堆里，一本本书相互交叠着，像两把叉在一块儿的对梳。某些小说的主题已经不新奇了。不管怎样，我总能找出足够多的精神食粮来打发这三个

1　《我在这儿干什么》(*Qu'est-ce que je fais là?*)，英国小说家、游记作家布鲁斯·查德温（Bruce Chatwin, 1940—1989）的作品。

2　路易斯·塞普尔维达（Luis Sepúlveda, 1949—　），智利作家、记者、电影导演。著有《来自美洲的侄儿》(*Le Neveu d'Amérique*)、《读爱情小说的老者》、《世界尽头的世界》、《教海鸥飞翔的猫》等，曾获得多项文学奖和荣誉。

3　鼹鼠皮（Moleskine），传奇笔记本品牌，曾被凡·高、毕加索、海明威等大家用来记录手稿。

4　老剧院街、格雷古瓦－德－杜尔街、多芬街等皆为法国巴黎六区街道名。

月的假期。

究竟带哪些书走呢？必须对交通工具、逗留时间、目的地和同行伙伴等各种因素进行综合考虑后才能做出决定。据说，曾经有位伟大的船长定下一条规矩，每个船员最多只能带一百七十二页书。于是，喜欢读书的船员就撕掉封面和其他连篇累牍的废话，只带上正文部分。书在船员中间流传，最后传到谁手上，谁就负责读完后把书扔进海里，尽量减轻船的负载。幸好，我从来不和人比谁的行李更轻，我的同伴又都懂得享受阅读的乐趣。当然，无可否认，船上的空间确实宝贵。带哪些书上船，事先要经过激烈的讨论和仔细的权衡，因为大家都明白，出门游荡一圈回来，这些书肯定会脏得不堪入目。记得有一年夏天，结伴度假的一群朋友都读了图尼埃[1]的《圣灵之风》和达纳[2]的《航海两年》。在希腊

1　米歇尔·图尼埃（Michel Tournier, 1924—　），法国作家，新寓言派文学代表人物。主要作品有小说《皮埃罗或夜的秘密》《阿芒迪娜或两个花园》《礼拜五》等。《圣灵之风》（Le Vent paraclet）是他的自传。

2　理查德·亨利·达纳（Richard Henry Dana, 1815—1882），美国作家、律师，专攻海事法。回忆录《航海两年》（Two Years Before the Mast）讲述他自己的航海经历。

北斯波拉德斯群岛度假时，只有我一个人对图尔纳福尔[1]的《一个植物学家的游记》和特弗诺[2]的《东方之旅》爱不释手，弗朗索瓦却趴在昏暗的防风灯下给我们读塔西佗的《编年史》，大家听得如痴如醉。还有一次，我冲阿尔梅勒发了火，因为她在我的《前途与歧路》[3]上画满了各种植物，彻底毁了这本原本就疲惫不堪的书。

　　如果是我和弗朗索瓦两个人开车旅行，就不必为带什么书费神了：把满满一箱书塞进汽车后备箱，一路读过去。在某个地方安顿下来后，我们分头找个角落，放好自己的书，偶尔也友好地交换一下："你看完了吗？""借我看看行吗？"可笑的是，通常我们都想不起来看带来的书，而在当地买书看（要知道，巴勒莫[4]的但丁书店里的法文书可比韦桑岛所有书店加起来都要

1　图尔纳福尔（Joseph Pitton de Tournefort, 1656—1708），法国著名的植物学家和旅行家，他的植物分类法曾风行一时。

2　让·德·特弗诺（Jean de Thévenot, 1633—1667），法国游记作家。《东方之旅》（Voyage du Levant）记述他到近东地区旅行的经历。

3　《前途与歧路》（Routes et Déroutes），瑞士旅行家、作家尼古拉·布维耶（Nicolas Bouvier, 1929—1998）的游记作品。

4　巴勒莫（Palerme），意大利西西里首府，但丁曾称赞这里是"世界上最美的回教城市"。

多），或者邮购最新书籍，让他们寄到旅馆里。出门在外，居无定所，这是最糟糕的：想到还要拖着笨重的行李箱从这个岛游到那个岛，就会踌躇再三。记得读《玛洛西的大石像》[1]时，我有种难以抑制的愿望，一心想回到希腊去，惹得让－玛丽说道："为了看到雅典宪法广场，安妮就是被绞死也心甘。"

有一年，在卡特冈的启发下，我想出一个减轻旅途负担的绝招：收罗瑟伊出版社9月份即将出版的新书样本。度假时，我的背竟然一天也没疼：大部头的书，我每天撕下一部分带着读，还学水手们的做法，看完就直接扔进公共垃圾箱。假期结束了，所有新书样本也读完了，在办公室终于得意了一回。

显然，这种阅读方式与正统的读书理论背道而驰，学校里教授的是：如果去奥地利，就该把与奥地利有关的文学书籍都读一遍。这种方法稍嫌累赘，但挺有趣的。

---

1 《玛洛西的大石像》(*The Colossus of Maroussi*)，美国作家亨利·米勒（Henry Miller, 1891—1980）的游记，取材自作者二战前在希腊游历的见闻。

在贝维帝尔宫[1]的露天花园细细品味《维也纳的黄昏》[2]是无比惬意的事，尽管我那几柜子关于维也纳的书还滞留在巴黎。面对朱代卡岛[3]的宜人风景，我最想读的书是洛利·李[4]的《夏日清晨》，或者赫德逊[5]的《潘帕斯草原的风》。啊，多么想再去威尼斯度假！美好的回忆令我心神荡漾。

---

1 贝维帝尔宫（Belvédère），维也纳著名的巴洛克式宫殿，又译"美景宫"，从宫殿可以远眺城内建筑与维也纳森林。宫内花园为法式花园造景的典范。

2 《维也纳的黄昏》（Vienne au crépuscule），奥地利作家阿图尔·施尼茨勒（Arthur Schnitzler, 1862—1931）的小说。施尼茨勒的作品情节大多植根于世纪之交的维也纳，作品人物是当时典型的维也纳形象，充满地域特色。

3 朱代卡岛（Giudecca），威尼斯泻湖中的一个岛屿，位于威尼斯本岛以南。该岛历史上曾为大型宫殿与花园区，二战后被开发为高级住宅区，以长码头和教堂著称。

4 洛利·李（Laurie Lee, 1914—1997），英国诗人、小说家。《夏日清晨》（As I Walked Out One Midsummer Morning）是他最知名的自传体三部曲之一。

5 威廉·亨利·赫德逊（William Henry Hudson, 1841—1922），阿根廷鸟类学家、作家。代表作有《紫土》《绿厦》等。

回到医院：牢笼回忆录

Contrordre

今天一早，体检结果出来了，我的身体不适合度假，得去医院待着（我称之为"蓝色海岸医院"），我的心都凉了。后来又不让我住院，改去弗利克曼诊所。这家诊所算得上是一代新贵，墙上挂着色彩绚烂的凡·高仿制品，火腿肉酱用铝纸裹着保温。每次去那儿，我都要带上螺丝刀和双面胶，把门窗插销安装到位，将浴室里的挂衣钩重新粘好。在这个壁垒森严的地方，格外需要发扬自力更生的精神。除了工具包外，还得带上洗漱化妆用品，把自己打扮得像模像样，不能进去后让别人笑话。干净整齐的衣服也必不可少，用来应付身体的各种状况。

此外还带了收音机、一抽屉比莉·哈乐黛[1]、蒙特韦尔迪[2]和舒伯特的录音带、旅行用的组词游戏盒、水彩画笔、画本、彩色铅笔和面粉（或许在医生两次查房的间隙，我会突然冒出做咸面饼的念头）。想起来了，要记着带上《解剖之美》，送给医生做礼物。除此之外，我带了十几本书。其实，根据以往的经验，我更乐意读别人赠送或者推荐的书，自己选的一般不怎么看。哥哥带来的那本费内欧[3]的《三句话新闻》多么好啊！后来，他的未婚妻帕斯卡尔为这本书画了插图，画得好极了，让人爱不释手。1996年圣诞节时，我一下子买了十本，送给克里斯蒂娜一本做结婚礼物——事后我后悔了，因为书里讲的都是酒鬼杀害妇女儿童的血腥故事。不管怎样，这本书谁都爱看，也就不计较送书的时机场合了。

　　带什么书去呢？这个问题让我想得发疯。左思右想，权衡再三，总要到最后一刻才下定决心。这个决定不得

1　比莉·哈乐黛（Billie Holiday, 1915—1959），美国著名爵士女歌手。

2　蒙特韦尔迪（Monteverdi, 1567—1673），16、17世纪之交意大利音乐改革的重要作曲家，意大利歌剧的奠基人。

3　费内欧（Fénéon, 1861—1944），法国记者、评论家。

不做，却做得迟疑犹豫、精神崩溃、泪流满面。

这一次我还算理智，只带了荣凯的《牢笼回忆录》
（*Mémoire en cage*）、格拉西里亚诺·拉莫斯[1]的《艰辛岁月》、萨巴多[2]的《隧道》和让－马克·奥贝尔[3]的《库兹》。出发前，卡杜安送给我一本《生死朗读》[4]。想到还能在病床上翻翻《嘉人家居》和《ELLE 家居廊》，我高兴地欢呼雀跃起来。

1　格拉西里亚诺·拉莫斯（Graciliano Ramos, 1892—1953），巴西作家。
　　小说《艰辛岁月》讲述了巴西内陆一个贫困家庭遭遇百年难遇的干
　　旱，在贫瘠土地上流浪的故事。该书被公认为巴西文学最重要的作
　　品之一。
2　埃内斯托·萨巴多（Ernesto Sabato, 1911—2011），阿根廷作家、画家。
　　代表作有《隧道》《英雄与坟墓》等，曾获西班牙语最高文学奖项"塞
　　万提斯文学奖"。
3　让－马克·奥贝尔（Jean-Marc Aubert, 1951—　），法国作家。
4　《生死朗读》（*Der Vorleser*），德国作家本哈德·施林克（Bernhard
　　Schlink, 1944—　）的小说，1995 年出版，曾先后被改编为舞台剧
　　和电影。

Rue des
Cascades 22 III 00

汽车后备箱里躺着书筐
Voiture

　　我们的汽车始终敞着篷，因为车里书太多了，那可都是些实用的书：花花绿绿、各式各样的旅游指南（我们从来都搞不清楚究竟要去什么地方）；一本破旧的《米其林旅行指南》，让－罗贝尔送的；互动出版社（Delachaux et Niestlé）的鸟类学书籍；格兰德出版社（Gründ）的植物学教材：《平地和林间植物》《山区花卉》和《可食用野生植物》；还有博达斯出版社的《丘陵花卉》。无花不成行，旅游时一定会采撷野花，卡特琳娜·瓦拉布雷格[1]把它们统称为"插在漱口杯里的花"，

1　卡特琳娜·瓦拉布雷格（Catherine Valabrègue），法国社会学家。

我却很想弄明白那些花的学名到底叫什么。再放一本百科全书在车里就好了，人们在开车旅行时往往会提出最荒诞离谱的问题。

汽车后备箱里大摇大摆地躺着一只书筐；后座上，周刊、日报和读了一半的书丢得七零八落，风吹过时，报纸飞扬，书页作响。我们的雷诺小车已经油漆斑驳，没有专门放书的地方（车里也放不下别的东西——手套盒里的杂物全都散落在脚下，车门上的小格子勉强放得下五包"高卢人"牌香烟）。我常常想，要是能给车配上书报夹或者架书板就好了，能避免发生惨烈的车祸：汽车在公路上疾驰，《解放报》迎风飞舞，眼看就要不辞而别，开车人会侧过身来，伸手把报纸按住，真是高难度的危险动作。

在车里少不了要放一张巴黎市区和郊区的交通地图，还有《阿特拉斯地图册》。托近视的福，我的眼睛到现在还没老花，虽然近视也带来不少麻烦。为了弄清方向和路名，我得把地图转过来转过去地看，每次开到地图折痕的地方就会迷路。唯一的一次租了导航仪，结果是闯进了一家农场的院子。

于是，还是按老规矩办：把地图放在方向盘上。弗朗索瓦一边开车一边瞥地图，我在边上狠狠骂他：

"你就不能在家里先把地图看清楚吗？！"

或是低声抱怨：

"你到底是在看地图还是在开车？"

我够泼辣的吧！有一次，出发前精心研究过路线，让－罗贝尔竟然还是每隔五分钟就要看一次地图。我气急败坏，一把抢过地图撕个粉碎。他也不甘示弱，转身就给了我一巴掌。没错，让－罗贝尔，害羞而幽默的让－罗贝尔竟然扇了我一个耳光！当时坐在车上的弗朗索瓦、奥利维埃和皮埃罗几个人吓得呆若木鸡，缩成一团，等着看我弃车步行。我怒发冲冠，变成一副戈耳工[1]的模样，心里却明白自己确实过分了。到达南部的韦松－拉罗曼时，我们这支惶恐不安的旅行队伍拉得老长，让－罗贝尔在前面开路，我殿后押队，皮埃罗则在我们一头一尾之间来回穿梭，附在每个人的耳朵边说："刚才你做得没错。"路过一家报亭时，我买了一张国家

---

1 戈耳工（Gorgone），希腊神话传说中一伙长有尖牙、头生毒蛇的女妖。

测绘局绘制的地图，独自去了卡诺莎。

这记耳光令让－罗贝尔声名鹊起，它证明身处俗世的圣人能把魔力无边的女巫治得服服帖帖。让－罗贝尔够狡猾的，每次总让我来讲这件事的来龙去脉。

旅馆里的书房

Hôtel

　　走进旅馆，迅速环视一下房间和窗外风景之后，我便会对自己说："一切会好的。"这句话有几种理解方式：一，房间的确无可挑剔（这种情况比较罕见）；二，我觉得可以自己再重新布置一下；三，这是一句反话（这种情况同样罕见）。

　　我已经把要求一降再降，即使房间没有幽暗的角落，不能保证绝对安静，我也能够忍受，因为我随身带着眼罩和耳塞。适应新环境总是比较困难的，要进行一系列或繁或简的改造。简单的步骤是：插花的漱口杯放在梳妆台上，两张单人床并拢，分配床头柜，各自把书堆放整齐，抽去流苏花边桌布和绿色花纹床罩，打开行李箱，拿出化妆包和洗漱用品，放进浴室，然后倒在松软的床上，不安地打量这一切，似乎害怕房间的新布局会霎时间消失。

繁冗的步骤是：沙发床推到走廊里，两张床挪到窗户对面，挪动衣橱（却发现它挡住了电灯开关！于是一切重来），接着一不小心打翻漱口杯，没放稳的书和水彩画册全体倾倒下来，行李箱里的衣服全拿出来，然后发现橱里只有一个衣架。最后，倒在松软的床上，一边看书，一边用怀疑的目光打量四周——突然跳起来，看看停在墙上的到底是蚊子还是别的什么东西。这一跳，膝盖免不了重重地磕到床角。

不用说，弗朗索瓦更喜欢现代化的旅馆，因为它们通常有固定在墙上的床头搁板。哪怕已经按自己的意愿重新布置过一番，旅馆的房间还是无法满足酷爱读书的客人的要求：没有书架，也没有壁橱，弗朗索瓦和我心照不宣地瓜分领地，暗自算计着怎样才能独霸那张带抽屉的书桌。他的建筑学书籍体积庞大，常常侵犯到我的地盘，为此我没少抱怨，有时连我自己都觉得我的确是太小气了。我们也会去城里兜兜转转，如果经过书店，回到旅馆时手里又会多几本新书。度假时，我们更有理由随意买书看。

阅读的预感
Anticipation

"安妮，读这本书之前，先翻翻结尾吧！"说这话的真是个粗鲁的家伙！别说结尾，只要先扫一眼目录，我的兴致立刻会消失得无影无踪。现在的出版社爱学美国那一套，把目录放在前面，实在令人忍无可忍。如果在读玛丽·安托瓦内特[1]的传记之前就已经知道她最后死在断头台上，而不是在分发奶油蛋糕时死于虚脱，那又何必读这本书呢？总之，见惯了"他们一直过着幸福的生活，还有了许多孩子"这类鼓舞人心的结局，我对故事如何结尾已经不感兴趣了。如果一开始就翻到了"一个

1　玛丽·安托瓦内特（Marie Antoinette, 1755—1793），法王路易十六的皇后，法国大革命时被送上断头台处死。

女仆端着油灯走了进来"这句话,我还会不会有兴致读完《窄门》呢?

出于同样的理由,我对前言和评论也很反感,它们自作聪明,事先将故事情节和写作风格娓娓道来。"伟大的赛查·皮罗托[1]最终还是走向了没落"——够了,一句话把什么都说了。阅读的乐趣灰飞烟灭。随着年龄的增长,反感逐渐升级为恐惧。和所有恐惧症患者一样,我是自掘坟墓。我害怕蜘蛛,为了避讳就喊它们"洪德"(萨比尔语[2])或者"叫不出名字的东西",就像我那天不怕地不怕的奶奶把蛇叫做"长长的怪物"一样。有什么用呢?总有人向我描述狼蛛交尾的情景;翻开《拉鲁斯百科全书》,正好是有圆网蛛图片的那一页;随手拿起电话号码簿一拍,拍死了一只羌螨幼虫。同样,只要一打开书本,我的视线就会往下滑,看到后面的括号、分段和预示着对话开始的破折号。破折号真是厉害,它转

---

1 赛查·皮罗托(César Birotteau),巴尔扎克小说《赛查·皮罗托盛衰记》的主人公。皮罗托是一位花粉商,因受野心驱使,倾家荡产。

2 萨比尔语,阿拉伯语、法语、西班牙语及意大利语等的混合语,曾通行于北非及地中海东岸各港口。

移了我的注意力，能将我从左边那页吸引到右边那页去。偶数页上，独行者在草原穿行，低头凝思。看到这里，我猜想这一章该是描写主人公心理活动的。谁知眼睛一瞟，瞟到奇数页上一连串的破折号，这预示着一次会面、回忆中的一段对话、一连串嘱托。我由此浮想联翩、心潮起伏，只好用手掌盖住这一页，或者折起书本。真不知该怎么感谢科马克·麦卡锡才好，他写《索特里》（Suttree）这本书时拒绝使用破折号，还迫使出版商接受了他的与众不同，这一定引起了出版行业工会的公愤。与之相比，我公开鄙视巴瑞科[1]的《愤怒的城堡》，那本书充满小打小闹的插曲，从第218页到228页都是自说自话。哦，霸道的印刷工啊，你们用什么方法不好，偏要用连字符，简直让我觉得那一大段话不是法语，而是莫尔斯电码！

我时刻提防出现在字里行间的大写字母。还是那个草原上的独行者的故事，如果我在间隔很大的两个句点中间瞥见了一个大写的"L"，那么也许是他遇见了一

1　巴瑞科（Alessandro Barrico, 1958— ），意大利作家、导演。《愤怒的城堡》（Castelli di rabbia）为其长篇小说处女作。

个名字以"L"开头的人拉冈（Lacan），也许是他登上了月球（Lune）。我沉溺于各种揣测之中，直到谜底揭穿的那一段：主人公打开了拉吉奥乐（Laguiole）酒刀，准备砍掉他坏死的左手小拇指。真相大白了，而在此之前，我已经迫不及待地跳读了两段。

看评论文章时，最让我受不了的是那些大写字母组成的缩写：SFIO，UGC，OTAN，PDG，HLM，UNICEF，CFDT……[1]这些词就像黑漆漆的夜空里闪个不停的霓虹灯，格外扎眼。只要拜读一下法维耶和马丁－罗兰合著的《密特朗当政的十年》，第三卷第127页那一连串的PTT[2]，肯定会看得你眼冒金星。

印刷符号的问题在于它们提示了后文的内容，让读者眼里盯着前一页，心却挂念着下一页。它们在我脑子里击鼓声声，打破了阅读的平静从容。也许是我疯了，该关禁闭。也许我更适合读电脑屏幕上缓缓滚动的字幕。数字阅读将前途无量！

---

1 这些词分别是法国国际工人组织、法国电影联合总会、北大西洋公约组织、总经理、廉租房、联合国儿童基金会和法国民主工会的缩写。
2 PTT，法国邮电总局的缩写。

傲视常规的 "越轨"

Coquilles et pétouilles

对于图书排印的陈规旧俗，我的确比较反感，可印刷中出现的离奇错误，我却视若珍宝。当作者愤怒地向我指出，在我们为之倾注了满腔心血的书中竟然还有一个印刷错误令它蒙羞，我就会心平气和地辩解：

"行了，出书毕竟是个手工活。"

书里什么错误也挑不出，自然是件让人高兴的事，但人非圣贤孰能无过，不合时宜的印刷错误恰好证明了这句话。如果书中有个别错误如壁虎般踽踽而行，蜿蜒数行，我的注意力自然会被它吸引。虽然对阅读是种干扰，这种傲视常规的 "越轨" 还是令我着迷。这些作者、编辑、校对员和排印工人们心头挥之不去的隐痛，对我却像绝版邮票之于集邮爱好者那样珍贵。我不是珍本收藏家，但那本作者姓名神秘失踪的《我诞生了》[1]，我无论如何不会轻易转手。它的存在就像马蒂厄·特雷索[2]的进球般如有神助，至今只有三个人有幸欣赏过我的宝贝。

任何不合常理的东西都能让人乐一乐：科洛安那的《鲸的航迹》，第 170 页有一个颠倒过来的省文撇[3]；帕斯卡·毕南的《史前饮食文化》，第 23 页连续六行都以字母"p"开头：petit… pour… pluie… passage… pendant… plantes[4]… ；《法国歌曲百年史话》的索引装订反了；《同义词词典》第 234 页的"人物"和"人"两个词中间竟然夹了一个句号和两个逗号；1993 年版的《小拉鲁斯词典》把 Lindbergh 拼成了 Lindberg；香塔尔·托马斯[5]的《如何承受自由》(*Commes supporter sa liberté?*)，第 35 页有三个句号凑在一起；布劳维斯的

1　《我诞生了》(*Je suis né*)，法国作家、电影制作人乔治·佩雷克（ Georges Perec, 1936—1982 ）的散文集。
2　马蒂厄·特雷索（ Marius Trésor, 1950—　 ），法国著名足球运动员。
3　法语中省去的元音字母用 (') 代替，称为省文撇（ Apostrophe ）。
4　这六个词的意思分别为小、为了、雨、经过、在……期间、植物。
5　香塔尔·托马斯（ Chantal Thomas, 1945—　 ），法国作家、历史学家。

《被湮没的伊甸园》（*L'Eden englouti*），第 104 页本该有个连字符，却被一道可爱的上划线取而代之，第 107 页还有个句子像谜一样，让人百思不得其解。我也喜欢令人哭笑不得的页码装订错误（《布拉森[1]的诗与歌》就是那样），还有形状怪异的书角、前后错位的封面（我没有这种书，但肯定能找得到）。普雍[2]的《野石》（*Les Pierres sauvages*）居然用了加达[3]《曼罗拉纳大街上的惨案》（*L'affreux Pastis de la rue des Merles*）的封面！原来，印刷工人想要参照后者封面的厚度，结果铸成大错。这一发现令我洋洋自得，就像小时候用恶作剧把泽泽姨妈吓一跳后，总会窃喜半天。

长着吊眼皮、招风耳、翘下巴、蝈蝈腿的人，都让我十分喜欢，这种偏爱和我对印刷错误的态度如出一辙。

---

1 乔治·布拉森（Georges Brassens, 1921—1981），法国诗人、词曲作家、歌唱家。

2 费迪南德·普雍（Ferdinand Pouillon, 1912—1986），法国建筑师、城市规划师、作家。

3 卡尔洛·埃米利奥·加达（Carlo Emilio Gadda, 1893—1973），意大利作家，被认为是意大利的詹姆斯·乔伊斯，致力于表现世界作为"诸系统的系统"的复杂性。

归根究底，我就是喜欢奇特罕见、与众不同的人，这种喜爱绝非人道主义的宽容。在我看来，美就在于特立独行，丑得有个性也是一种美。瞧瞧莫妮卡·维蒂，她出神入化地将大鼻子、大嘴和斜眼睛融为一个和谐的整体，其魅力丝毫并不亚于大美人吉娜·罗洛布里吉达。毋庸赘言，极端的丑与绝对的美同样令人着迷，科雷安/比歇–夏斯戴尔（Corréa/Buchet-Chastel）出版社那本饱受非议的《火山之下》[1]，满是各种印刷错误、拼写错误和废话，却还是比新近修订的译本更受欢迎，其中的原因也就不难理解了。

---

1 《火山之下》（*Under the Volcano*），英国小说家马尔科姆·劳瑞（Malcolm Lowry, 1909—1957）的代表作，曾入选"现代文库"20世纪百佳小说。

当整个世界联合起来与我作对

Lapsus

有几次，书里真是一个毛病也挑不出来：没有错别字、没有字体大小不一、没有油墨污迹，装订和页码也天衣无缝，让人禁不住暗自猜想新来的印制主管是个永不犯错的工作狂。其实做到无懈可击并不是不可能，大多情况下是我反常地让错误从眼皮底下溜走了。这种粗心冒失总是伴随着偶尔发作的神经质，愈演愈烈。我心急火燎，烫伤了脚，割破了手，撞到了头。我忘记带钥匙，记错约会的时间，想不起熟人的名字，弄混了各方神灵。家里的洗碗机、"苹果"电脑、汽车、熨斗、脱排油烟机、咖啡机、电话机接二连三地出了问题。整个世界都联合起来和我作对：刚轮到我付款，收银员就要换打印纸；去坐地铁，赶上地铁司机罢工；才把夏天的衣物收拾好，气温突然回升。一切都掉了链，一切都乱了套。麻烦接踵而来，我愈发偏执烦躁，连声哀号："弗朗索瓦，你总不能说这一切都是正常的吧？"弗朗索瓦一脸茫然，打电话给达尔迪，备足急救箱里的药，他的沉着理性让我更加恐慌不安。

我往往就在这些时候发现书里的笔误："帆布鞋起飞了"，应该是"空军中队起飞了"才对[1]（贝诺兹格里奥的《以枪作画》）；"因为害怕而腐蚀了"[2]，本该是"因生锈而腐蚀了"（让－皮埃尔·亚伯拉罕的《鹈堡》）；"纺织用砝码"，应该是"纺织用毛料"吧（弗雷如斯出版社《历史》）[3]。于是，我要么笑得前仰后合，要么哭成个泪人，紧绷的心弦渐渐松弛了下来。阴错阳差的笔误不值一提，但它们驱散了不祥的气氛。各种事故明显减少了，我也重回理智，这才意识到家里所有电器都用了至

---

1 法语"帆布鞋"和"空军中队"两个词的分别为 espadrille 和 escadrille，拼写相近。
2 法语"生锈"和"害怕"两个词分别为 rouille 和 trouille，拼写相近。
3 法语"毛料"和"砝码"两个词分别为 poils 和 poids，拼写相近。

少十个年头，那台"苹果"已经被弗朗索瓦用旧了。地铁工人动不动就罢工，以前碰上我也没那么激动。天气变化是常有的事，不足为奇。一切恢复正常，我心平气和，在备忘录上写下一句：

"幸福知足地上床睡觉，久违了。"

23
III
00

在众目睽睽之下心安理得地看书

Restaurant

一天,我和弗朗索瓦走进萨布勒多隆纳海滩[1]的一家小餐馆,点了份滨螺,等着上菜的时候,发现邻座正愤怒地朝我们翻白眼。我以为他们受不了我吞云吐雾,或者对弗朗索瓦翻报纸发出疾风骤雨般的哗啦声不满。我们正准备换张桌子,忽然听到尖刻的一句:

"你们不能另外找个地方看书吗?!"

我这才恍然大悟。他们甚至不屑于对我们好言相劝,比如:

1　萨布勒多隆纳海滩(Sables-d'Olonne),法国夏季海滨度假胜地,位于西部的旺代省。

"忍耐一会儿吧,看书有看书的地方。"

母亲教给我的处世原则有三条:一,不在马路上抽烟;二,不用餐刀切色拉;三,主动给老人让座。那天我终于明白,做人还有一条规矩:不在餐馆里看书。

哦,不!再虔诚的教徒偶尔也会跟上帝讨价还价,我也有我的处世原则:一,在马路上抽烟,但绝不随地享用零食;二,不用餐刀切色拉,直接用餐刀卷起色拉往嘴里送;三,偶尔无视年迈的长辈,比如,刚从居里医院出来的时候;四,在餐馆里看书。

但是请注意,我并不是在任何餐馆里都看书。我是"爸爸家"的常客,摆在圆顶天窗下的那张桌子一般是留给我的——里夏尔厨师只要听到是六号桌点鸭胸肉,就会立刻配上一份细葱。我躲在那个角落里一边吃一边读。鲍勃、米歇尔或卡洛只要在内线电话里说一句"是给安妮的",我又可以额外享用一份蔬菜。有时候我吃完了,同伴还在大快朵颐,我就拿起书来,在众目睽睽之下心安理得地翻看,丝毫不觉得有什么不妥。等人的时候看书打发时间,一个人的时候目中无人地读书,这两者有什么区别?区别就在于前一种是只读不吃,后一种是边读边吃。

当然，要躲在餐馆一个偏僻的角落里看书，并非因为个人教养的关系，我只是担心边吃边喝边抽烟边看书，难免会顾此失彼出洋相。一般情况下，我都能应付自如，但如果读的是本大部头，就需要一定的灵活性和组织能力：打开书本，拿个东西，让读过和没读的部分保持水平，用烟灰缸压住忍不住要翘起来的书页，读完一页翻一页。

危险就在这儿。当注意力全部集中于奇数页面最后那几行字上——一块炖苦苣掉进了酒杯，酒杯放在了餐盘上，烟蒂摁到了桌布上，油腻腻的餐刀错拿来镇书页。还有最糟糕的是：眼睛没离开书，手却伸出去叉肉，结果碰翻酒杯，桌上一片狼藉。还好，这种情况并不多见，一年大概也就一回吧，但仅此一回足以引来四座惊讶鄙夷的目光。

早餐时，出事故的频率要高得多。如果养成了拿羊角面包蘸着咖啡吃的坏习惯，麻烦就更大了。我可不是文学作品中描写的那些淑女，能够仪态优雅、举止斯文地把玛德琳蛋糕用一小勺茶水泡软了吃。

RUE DE
L'ERMITAGE
XX

26
V
00

有备无患的大部头

Tomes tonnes

安娜是个细心的芒德[1]女人，她按照开本大小给书分类：大部头上床看，口袋本坐地铁看。她这么做，跟我通过运动疗法摆脱伤痛的宗旨差不多，副作用就是得在同一时期读一大一小的两本书。对于一个神志已经不大清醒的人来说，这个任务未免艰巨了些。我宁可脊柱侧凸也不愿有心理障碍，宁可患上疝气也不愿意精神分裂。

除非偶尔神经质，我会尽可能选择大部头，也顾不上什么谨遵医嘱了。比起薄薄的小册子，我更喜欢又大

1　芒德（Mende）、法国南部城市，洛泽尔省的省会。

又厚的书本。一本轻巧的袖珍书，即使从头到尾写得都很精彩，当地铁从马比雍开到朱西厄[1]，或者火车从佩拉什驶向拉帕尔蒂约[2]时，我肯定已经把它从封面到封底读了个遍，而一本大部头却能打发整整一个星期。那种有备无患的感觉，就像为冬天储备了充裕的柴火，或者为11月11号[3]那个周末留够了香烟。

可是，读大部头也有读大部头的烦恼。如饥似渴、狼吞虎咽地看完了三分之一或者将近一半时，我觉得应该放慢点速度。再往后，一切都乱了套。哪怕只读了半本，剩下的也只有一半了！阅读速度急剧下降，我试着读得慢一点、再慢一点。想想看，《人生拼图版》[4]、《帕拉迪索》[5]

1　马比雍（Mabillon）、朱西厄（Jussieu），均为巴黎地铁站名。

2　佩拉什（Perrache）、拉帕尔蒂约（La Part-Dieu），均为法国里昂市内的地名。

3　11月11日在法国是第一次世界大战停战纪念日。这一天曾是全国性的假日，后被取消，但仍有不少单位至今坚持在这一天放假。

4　《人生拼图版》（La Vie, mode d'emploi），乔治·佩雷克最著名的小说，又译为《人生之使用说明》，共九十九章，约六百页，被誉为"辉煌的巨著"、新"人间喜剧"，获1978年"梅第西奖"。

5　《帕拉迪索》（Paradiso），法国作家弗朗克·佩雷沃（Franck Prévot，1968—　）的作品。

和《巴登布鲁克家族》[1]，都只剩下一半了，尤其是《巴登布鲁克家族》，就六百多页，真是可悲。不是还有《没有个性的人》[2]吗？不，这不能算。两本一般厚度的书加起来，都比不上读一本大部头畅快，那种感觉就像去巴勒莫要从米兰转机，激情被中途截杀了。

平心而论，这几本书加起来能有一吨重，真正算得上大部头。它们撑破我的行囊，压弯我的肩膀，让我走起路来跟跟跄跄，像只横行霸道的螃蟹。要是坐在床上读，它们一不小心就会从手里滑落。要想躺着看，就得在肚子上垫几个枕头，把书垫得与视线齐平，才能不频繁动用眼镜。如果坐着看，就得把它们平摊在膝头，埋头苦读。长此以往，颈椎炎和关节炎接踵而至，只好吞两片止疼药，再拿出伤痛膏（原料是辣椒），在脖子、肩膀上涂了个遍，把自己涂得像只金黄灿烂的母鸡。

---

1 《巴登布鲁克家族》(*Buddenbrooks*)，德国作家托马斯·曼（Thomas Mann, 1875—1955）的长篇小说，描写19世纪德国北部一个富有商人家族四代人的故事。

2 《没有个性的人》(*Der Mann ohne Eigenschaften*)，奥地利作家罗伯特·穆齐尔（Robert Musil, 1880—1942）的长篇巨著（未完成），共三卷。

大部头纵有千般过错，至少还有一个优点：脾气好。每次被冷落在一旁时，它们反会来安慰我说：

"我不会逃跑的，我就在这里等着你。我会一直在这里，别担心。"

它们诚惶诚恐的情人因此就安心了。

近视的回报

Myopie

我是近视眼，真幸运。我近视得走在人行道上认不出弗朗索瓦，看不清路牌，有时甚至把水果篓子当成印花坐垫。当然，与近视带来的数不胜数的好处相比，这些小小的不便实在微不足道。

因为近视，我可以避开那些不识时务的人而不惹恼他们。因为近视，我可以大胆怒视那些寻衅滋事的家伙（眼睛不好，看什么都是一副无知者无畏的样子）。尤其值得一提的是，我的几个弟弟如今都不得不戴上老花眼镜看菜单，我却逃过此劫，还故意拿出几本字体极小的大部头来看，好好嘲弄了他们一回。好景不常在啊，总有一天我也会变成老花眼的，不过在那一天到来之前，让我先尽情享受近视带来的特权吧。

我的眼镜岌岌可危地吊在胸前一根细丝带上，只有看电影、看戏剧、看电视、辨认邻居和确认橱窗陈列的商品标价时，才会把眼镜戴上。我看书又快又多，倒不是因为我的智商比同伴们高（我的智商比他们差得远着呢），只不过我不像他们那样花大把时间到处去找眼镜。

可是，画画的时候，为了看清楚实物原型就得戴上眼镜，动笔时，又得把眼镜摘下来——总觉得自己还缺一只手。多年以来，我一直希望能把近视镜片的下半部分磨成远视镜片，但现在的眼镜店都是机械化操作，不能满足我的要求。于是，我只能调一调镜架的鼻托，让眼镜高高地架在鼻梁上。

大家都劝我动激光手术把近视治好，他们不知道其实我很喜欢近视。除了上述种种好处，近视让我在模糊的美丽和刺眼的真实之间有了缓冲适应的过程。它掩饰了岁月磨砺的痕迹，美化了衰老的面容，只要下起毛毛细雨，任何一个夜晚在我眼中就会变得如同仙境一般美妙。

我认为，随着老龄社会的到来，如果配镜行业能吸引那些并非离了眼镜就不行，但却心甘情愿被纳入近视行列的顾客群，带来的影响肯定不亚于一次产业革命，还会推动整个行业的发展。同样，如果出版社能想到根据视力的好坏，向七到七十七岁的读者提供合适的书籍，而不是只以作品的文学性来划分读者群的话，那么出版业的前景也会一片光明：

"奶奶，你不是想重读《夜航》[1]吗，我给你买了一套，一共五本！"

为了解决书籍的储藏问题，每一位上了年纪、眼睛不好的读者都该有一台个人电脑，电脑与出版社的终端相连接，所有书店里用 12 磅字印的书都能以 36 磅字打印出来。他们还应该有一种特殊的打印机，能抹去已经读过的字，印上新内容。或者，为了便于将纸张化成纸浆回收利用，任何一个家乐福超市都应该设有纸浆回收

---

1 《夜航》(*Vol de nuit*)，法国作家圣埃克絮佩里（Saint-Exupéry, 1900—1944）的中篇小说，获得 1931 年费米娜奖。

处，回收产生的效益专门用于研究治愈老花眼的方法。讨厌的老花眼很快就会被打败，消失得无影无踪：

"奶奶，我给你找到了《但丁全集》，只有五百页。"

但愿我能活着看到这一天。

阅读的节奏

Changement de vitesse

很想弄明白，两本书，体裁相同，都很有趣，篇幅差不多，出自同一位作家之手，为什么我能在两个小时里一气读完其中一本，而另一本却要拖上一星期？

当然了，有时我会像小女孩一样迫不及待想知道结果，有时却懒洋洋地拖延着结局到来的时刻，有时沉浸在狂热的阅读状态中，有时又强迫自己要克制。读《创世纪》[1] 足足花了我一个多月的时间，早一章、晚一章，其间还特意中断了半个月跑去度假。在巴洛克式的景物

---

1 《创世纪》(*L'Invention du monde*)，法国作家奥利维·罗兰 (Olivier Rolin, 1947—　) 1993 年发表的小说。

中流连，就不必再读巴洛克风格的书了，不是吗？面对这部大作，我告诉自己要克制，规定自己每天不能读太多，而要仔细品味作者的用词和风格。

自我克制或多或少受着理性的支配，有时我也会被种种无法解释的冲动驱使。《箭术与禅心》[1] 本来是该慢慢研读的，究竟出于什么原因，三下五除二就看完了呢？《托运行李》[2] 并不值得精读，为什么会花了那么多时间呢？为什么在细细读完卡瓦迪亚斯 [3] 那本粗劣的《夜班》之后，却像文盲一样草草翻完了他的细腻之作《李》呢？

究其根源，读书的速度，不仅男女有别、各人不同，即便是同一个人，快慢也不总是一致。书可能写得精彩，也可能晦涩，读者的大脑可能已经被塞得满满当当的，

---

1 《箭术与禅心》(*Zen in der Kunst des Bogenschiessens*)，德国哲学家奥根·赫立格尔 (Eugen Herrigel, 1884—1955) 记录自身禅悟经验的作品。

2 《托运行李》(*Labels*)，英国作家伊夫林·沃 (Evelyn Waugh, 1903—1966) 的游记。

3 尼科斯·卡瓦迪亚斯 (Nikos Kavvadias, 1910—1975)，希腊作家，希腊国内广受欢迎的诗人，作品多取材自他作为水手周游世界和海上冒险的经历。《夜班》是他唯一一部长篇小说。

也可能清醒活跃、饥渴难当。他的阅读欲望不仅会随着情绪波动，还与季节、环境、地点和周围的人休戚相关。宁静或喧嚣的环境、匮乏或宽裕的物质条件、喜爱或憎恶的心情，情绪好坏，心潮起伏，生理状况，一切都关乎阅读。就我个人而言，天气是一个非常重要的因素，阴郁的天气让我情绪低落，要么一头扎进书堆里歇斯底里般猛读，企图以此作为对自己的补偿；要么就瞪着自己的脚尖发呆，什么都看不进去。

有一个笑话，说有个人只有一本书，但一辈子也没把这本书的颜色涂满[1]。我对笑话的主人公心怀同情。这种事在我身上完全可能会发生，我对水彩画的偏爱是一个原因。当然，我也能够在很短时间内读完许多本书。

每个人每一天都会有不同的读书节奏，旁人不该瞎掺和，也无权评论。

---

1 欧美国家流行的早教绘画书，书里勾勒各种简笔画，引导儿童用不同颜色的画笔填充图案。

RUE DU FBG DU TEMPLE
25 III 00

DE 30 A 400 M2 À LOUER

交叉阅读

Lectures croisées

星期天晚餐前，我和弗朗索瓦都在看书。卡尔纳瓦莱博物馆[1] 正在举行路易·塞巴斯蒂安·梅西埃[2] 和《巴黎景象》的纪念展，弗朗索瓦翻看展览目录，我一边啜饮着哈斯多开胃酒，一边读着胡安·何塞·萨埃尔[3] 的《云》（书中夹着一张便笺，上面写着："这是本新书，文笔清新，封面尤其精美。苏菲。"没有注明日期）。我

1　卡尔纳瓦莱(Carnavalet)博物馆，即巴黎市历史博物馆，位于巴黎三区。

2　路易·塞巴斯蒂安·梅西埃（Louis Sébastien Mercier, 1740—1814），法国作家、记者、出版家，著有《巴黎景象》(*Tableau de Paris*)。

3　胡安·何塞·萨埃尔（Juan José Saer, 1937—2005），阿根廷旅法作家，电影导演，阿根廷当代最重要的小说家之一。小说《云》(*Las nubes*) 1997 年出版。

175

正看到第 45 页（"一个患思乡病的智利小伙子被送进了精神病院，已经几个月了……"），弗朗索瓦突然在他的角落里大笑起来，我抬起头用目光鼓励他继续。

"听听这段，写杜伊勒里公园[1]的：所有讨厌鬼都来到紫杉树下，他们在那儿解决问题。有些人就是觉得露天撒尿才过瘾。啪啦啪啦，昂日维利耶伯爵让人把紫杉树都砍了，这些特地远道而来撒尿的人们从此以后会很不自在。"我咯咯地笑出声来，重新埋头读我的《云》（"一个患思乡病的智利小伙子……"）。弗朗索瓦又大笑起来。

"怎么了？"

"这段是说清洁工的：危险就在于，清洁工站在垃圾车的另一侧，你毫无戒备地从纹丝不动的车轮边走过，一铲子垃圾从天而降，正好落在你的头顶。"

"哈哈！"

我又拿起萨尔的书（"这个患得了思乡病的智利小伙子的父亲，因为曾经……"）。

"嘿，这段也不错。"

1　杜伊勒里公园，坐落在巴黎卢浮宫与协和广场之间，始建于 1644 年。

176

"弗朗索瓦，你该知道，我也在看书呢……"

"我保证，下不为例，听我说完这个：如果有人去世了，他家的门上就会钉上一张讣告。在这个人口稠密的城市里，邻里之间本来就很少串门，即使住在隔壁也老死不相往来。因此，只有通过这种方式，人们才会得知某人去世的消息。"

我笑了笑表示欣赏（难怪人们常说同住一个屋檐下需要忍耐），再回到我的《云》上（"因为曾经支持西班牙的解放事业，在瓦尔帕莱索被处决了，罪名是叛……"）。弗朗索瓦用书捂着脸，笑得前仰后合。

"你太过分了，弗朗索瓦！"

"对不起。"

只要别人一道歉，我的心立刻就会软得像块阿拉伯甜糕。"没什么。你这样，让我也想读梅西埃了。"

"什么？你想看展览目录还是《巴黎景象》？"

"当然是想看书。"

"这本书一共有一千零五十篇文章，每篇都有好几页……"

"太好了。"

"你要真的想看，发现出版社有两个缩写版。"

"不，不，我想看完整版。上次为了核实一段关于拍卖行的引文，我已经跟你借过一次了。这本书确实写得很棒。"

我又埋头看《云》（"因为曾经支持西班牙的解放事业，在瓦尔帕莱索被处决了，罪名是叛国。政府的一个间谍……"）。

电磁炉的定时器响了：是芦笋熟了。我们俩谁也没动。最后，我让步了，因为我讨厌吃煮得太烂的芦笋。终于，我们俩坐到了餐桌旁。

吃晚饭时（温热的芦笋浇上橄榄油，撒一层巴尔马干酪屑，还有干牛肉和火腿，萝卜叶色拉，羊乳奶酪和草莓），弗朗索瓦告诉我，梅西埃特别讨厌精美的装订，他总是把他的书"剥皮抽筋"，封面扯下来扔掉，书撕成好几册，堆在客厅里，还不时打乱它们的顺序，随意抽一册来读，重新深入主题。总算有一个善于奇思异想但又不愚蠢的作者，勇气可嘉！吃过晚饭，我心急火燎地看完了萨尔的《云》，这样第二天就可以开始读梅西埃那三千页的大作了（还没算上评论）。我的喜悦无法形容。有时候，生活就是那么美好。

陋习还是美德：读者的负罪感

Vice ou vertu

不读书，无论如何做不到。不抽烟，无论如何也做不到。其实，和抽烟相比，阅读并不一定是更值得称道的事。可怜天下父母心，孩子不爱读书，他们引以为憾；孩子沉溺于喷云吐雾，他们也要担惊害怕。让我来敲响警钟：读书和抽烟一样，并不总是好事。

我想起了米歇尔，他经常抱怨说，托马斯都十六岁了，却连一本连环画都没翻过。一天，我和托马斯一起吃午饭，谈起了他父亲的忧虑，他"扑哧"一声笑了起来："我当然看书了，只不过不告诉他。否则，他肯定会没完没了问个不停。"原来，托马斯偷偷摸摸地读书，就像人们鬼鬼祟祟躲在厕所里抽烟一样。

大人们对孩子读书的态度有天壤之别，想起来让人忍俊不禁。小时候，姑婆、泽泽姨妈甚至妈妈都经常对我说："歇会儿吧，你这样会毁了眼睛的。""你最好出去玩会儿。"或者"你总玩'大富翁'，我都烦透了。"在她们看来，保持健康、多做运动、与人交往，跟阅读一样重要。有时候，我都感到一种负罪感，觉得自己太无所事事。再后来，我甚至觉得自己是个包法利主义者[1]。

时至今日，尽管读书被大肆鼓励，但被叫去摆餐具的，肯定是家里的小书呆子，而不是拿姐姐的裙子做试验检测马桶通水性能的小科学家。

让·拉库蒂去越南溜达了一圈，看到那儿的小学生晚上聚在村子里唯一一盏路灯下写作业，惊叹不已。这则颇具教育意义的小故事让我想到，就在不久以前，人类最主要的活动必须在日出和日落之间进行，因为灯油、蜡烛和汽油都非常昂贵。白天人们不点灯，到了黄昏时分，也舍不得点灯。独自一人在灯下静静地读书，那是

---

1 包法利主义，形容对现实不满，不切实际，把自己幻想成别人。典故出自福楼拜小说《包法利夫人》。

富人们奢侈的娱乐，工人和放牛娃（顺便问一句，"一鞭子读完"这种说法是怎么来的？）无福消受。我不理解的是，过去读书能感化妓院的老鸨和整天泡酒馆的酒鬼，尽管那时候社会风尚并不怎么鼓励人们读书；如今，阅读已不是一项花销很大的消遣，大家都在极力主张要多读书，可阅读却成了一桩勉为其难的任务。大人们耳提面命，千方百计地想让孩子多读点书，其蛮横行径就像专制的暴君。

　　至今，我仍然忘不了瓦西姆七岁生日那天发生的事。七岁，到了讲道理的年纪！那天，和往年一样，瓦西姆收到了成堆的礼物。为了快点把礼物拆开，孩子们照例分工合作：心灵手巧的埃里耶斯负责拆包装带；杜尼亚双手捧着盒子，把它们一个个送到瓦西姆面前，由他打开。很快，我们脸上的笑容都僵住了，面颊火辣辣地发烫，瓦西姆也脸色苍白：他收到的礼物全是书。没有漂亮的衬衫，没有电子游戏机，没有新款的牛仔裤，没有滑轮溜冰鞋，没有随身听。只有书，书，还是书。最糟糕的是，我们的小王子竟然强作镇静，彬彬有礼地谢过每一个人。那天，大家都像被人掴了一记耳光。有些鼓励孩子读书的方式太残忍，简直就像恐怖行为。

　　就我个人而言，与其说是周围人的鼓励驱使我如饥似渴地读书，还不如说是母亲少有的几个禁令（"不许一大早就看书"）、几个明智的劝告（"还没到读书的年纪呢，别急"）以及学校的规章制度（"上数学课了，放下你手里的《红草》"）[1] 煽起了我的反叛心理和阅读的欲望。所以，忧心忡忡的父母们，建议你们读读佩纳克[2]的《如同一部小说》，然后给孩子们颁布一条禁令，不许他们走进书房，或者用最具侮辱性的方式呵斥他们："嘴上还没长毛呢，就想读课外书了吗？"如果孩子没有以沉湎于书本作为反抗，那么，他要么是个离经叛道的家伙，要么是个诚实的小傻瓜，还有可能是个超凡脱俗的小哲人，你们就别白费心机和哲学家纠缠不休了。

1　《红草》（*L'Herbe rouge*），法国作家、诗人鲍里斯·维昂（Boris Vian, 1920—1959）的作品。

2　达尼埃尔·佩纳克（Daniel Pennac, 1944—　），法国著名的青少年文学作家，已出版作品二十余部。《卖散文的女孩》（*La petite marchande de prose*）和《如同一部小说》（*Comme un roman*）曾高居畅销书榜首，被《读书》杂志称为"佩纳克现象"。自传体小说《上学的烦恼》2007年获得雷诺多文学奖。

排他的激情

Passion exclusive

还在上小学的时候，大人们就评价我"自我"、"有性格障碍"（这些话到底是什么意思，我从来没弄明白过）。不管怎样，他们说得有点道理。我酷爱读书，因此成了一个令人头疼的小孩：喜欢独处而不愿参加集体活动，爱看书不爱游戏闲逛。直到如今，在我眼里，电影和电视远不及书本的魅力大（但朋友聚会的魅力更大）。因为嗜书如命，我在社交圈里永远不能游刃有余。我也不善于一心二用，不能同时应付几件事情，这是我的一大缺陷（这个缺陷绝非遗传，因为奶奶就能一边看书一边织毛衣还一边收听广播）。至于弗朗索瓦，他可以开着电视，悠然自得地读哲学书。电视机面对着床，我们俩经过协商，想出了个办法：弗朗索瓦看新闻时戴上耳机，而我就在肚子上叠几个垫子，直到书本放在上面能完全挡住电视荧幕和光线。

地铁里的嘈杂声我可以充耳不闻，但如果换成音乐，哪怕音量极小，我也会心绪不宁。每当弗朗索瓦钟爱的大提琴独奏响起，我就会从书本里抬起头。大提琴独奏总让我想起母亲的离世，惹得我失魂落魄、愧疚难当。为了安抚我的情绪，弗朗索瓦还是求助于他的大提琴独奏，调大音量，想用音乐让我平静下来（当然，也有可能是想用音乐盖过我的啜泣声），却只让我哭得更伤心。即便没有任何特殊的理由，看书时只要一听到音乐，不管是哪个作曲家，哪首曲子，也不管是谁演奏的，我就会心烦意乱。读书时，音乐在我耳朵里只是一种噪音。

弗朗索瓦订了十八份日报和七份周刊，翻看时"稀里哗啦"的，真让人受不了；但比起他那喋喋不休的评论，这还算不上什么。对我俩来说，书籍是私有财产，报纸是公用物品。当我需要了解时事的时候，弗朗索瓦总会预先帮我筛选一下，因此寥寥几个字（"亲爱的，第一版和第七版有莫兰的文章"）、几条注解、几张便笺、几份剪报就能让我知道个大概。事实上，要我自己再读一遍会有点麻烦：弗朗索瓦已经把他要保存的文章剪下来了，只要一打开《世界报》，整个版面就散落开来，就像打开一幅斜裁的裙角。

书籍提供共同的话题，可以拉近人们之间的距离；但阅读也会使长辈与晚辈生分（"听着，小可爱，你该明白我正在读书"），使同辈之间变得疏远（"让，说话小声点儿行吗，我都集中不了精神看书了"）。更有甚者，在爱人们温存缠绵的时刻，读书会使柔情蜜意烟消云散（"就一分钟，我马上看完这章了"——半小时之后，另一半已沉沉睡去）。

不知出于什么原因，一天，我突然诚恳地问弗朗索瓦："我已经三十二岁了，如果想要个孩子的话，是时候了。你想要吗？"

"你呢？"

"我？从十岁起我就知道自己不想要孩子，但是现在问题不在于我。"

"我也不想要。"

"你确定吗？"

"确信无疑。"

"你肯定你有充分的理由吗？对我来说，再晚可就不行了。"

"我的理由很充分：孩子会糟蹋书的。"

这只是弗朗索瓦敷衍我罢了，但也算得上是个理由：他有一万本书和杂志，而且就算过了八十岁他也还能生孩子。当然，是和别的女人。

幸运的是，为了维护自己的名誉，在更年期到来前，我就采取了一系列防范措施。最初，每次他要出远门参加评审会或研讨会，我就会在他的行李箱里塞张卡片："你要是背叛我，我就宰了你。"

后来，卡片上写的是："你要是背叛我，我就杀了她。"

再后来成了"你要是背叛我，我就自杀"。最后变成"你要是背叛我，我就放把火烧了你的书"。

对前面那几个威胁，他可以一笑了之——除非我真的疯了，才会去杀人。可他那些心爱的书呢？走着瞧吧，看我敢不敢！

机场的悲剧

Panique

有些人读书太上瘾，所以走了极端。如果没有书看，他会像弹尽粮绝的烟鬼去烟灰缸里找烟蒂抽，会像身无分文的酒鬼去喝古龙水。

我夸张了吗？举个例子：有一次，我坐飞机从巴黎去巴勒莫。那是架包机，晚上十点从奥利机场起飞，因为要在米兰转机，我把所有书都塞进了托运的行李箱，只在随身的挎包里留下了两本书：一本简·柏金的《哦！对不起，你睡着了……》，一本让·罗兰的《穿越》（*Traverses*）。眼看着行李箱在传送带上渐行渐远，突然接到通知说飞机将推迟两小时飞往西西里！我忘了挎包里有足够的书来打发这一百二十分钟，因为太气愤，竟然也忘了自己候机时不看书的原则，只顾发疯似的寻找书报亭。就在我大步流星地朝书报亭奔去时，却听到了防盗铁门落下的声音——真是一场噩梦！此时我已经大汗淋漓，蓬头散发，滑稽狼狈，彻底绝望。

在自尊心的驱使下，我逐渐平静下来，扫了一眼候机厅的布告牌，上面有马拉喀什、塞维利亚和帕尔玛什么的地名，随伴着一阵"喀啦喀啦"的翻牌声，在几秒钟内变得一片模糊。候机厅空空荡荡，接待台上连张宣传单的影子也没有，清洁工把当天最后几张报纸都给收走了。人们专心致志地捧着无聊杂志看，看来我也只能满足于《这里》（Voici）周刊。

我找了张椅子坐下来，打开挎包，翻出一张破旧的罗马地图，看完了包括公共交通在内的所有信息，再把包翻了一遍。太棒了！这回有了意外的收获：弗吉尼亚·伍尔芙的《现代小说》，卡特琳娜送的，一千零一夜出版社的版本，可惜这本书连插图带书目也只有四十七页。我得先留着它，小心驶得万年船，万一在米兰转机时行李搞丢了，还能对付一阵子。呀，竟然翻到一张美容院的广告（"为您提供除皱脱毛等服务"）、一份尽忠职守的婚恋问题专家的宣传单——我专门收集这类东西（"如果伴侣因为外遇离您而去，请来找我。您将重新坠入爱河，您的伴侣会回到您身边，他（她）会对您穷追不舍……"），还有一份两百个问题的免费测试问卷（"全面分析您性格的十大基本特点"）——看到第三个问题时，我就觉得被揭穿了老底："您是否仅仅为了好玩才去翻看火车时刻表、电话号码簿或词典？"赶紧把这玩意儿扔在一边。

离我不远处坐着一个正在读《世界报》的家伙，拿出水彩笔来给他画幅速写吧——这个幸运的家伙却忽然站起身来，把报纸扔在椅子上走开了。我正准备冲过去拿起报纸看，之前坐在他身边的女人瞪了我一眼，那眼神分明是在警告我她是他的现任妻子。我连连道歉。

幸好，广播里通知飞机马上就要起飞了。我翻遍了所有的口袋都找不到登机牌，在包里翻，又看到了那份测试问卷（第194题：当您找不到东西时，您是觉得"有人拿错了"还是"有人偷走了"？）。婚恋专家也来凑热闹（"让您绝望的问题，我来帮您解决"）。美容院也不甘寂寞（"疑难杂症，手到病除"）。我恶狠狠地抖了抖《穿越》（"所有这些都是因为欲求不满……"），"哗啦啦"地翻遍了《哦，对不起，你睡着了……》（"她在浴室里走来走去，找到了所有的东西，就是没有灯泡"）。终于，登机牌悠悠闲闲地飘落在我的脚边。把乱七八糟的东西一股脑儿塞进挎包，登上了飞机。机舱内的喧哗渐渐平息，最后一个行李柜"啪嗒"一声扣上，最后一个乘客也"咔嚓"一声系上了安全带，我的脸色恢复了正常的红晕，伸手在包里掏《未写之书》（An Unwritten Novel），不知怎的把其他零碎也带了出来，散落在前排座椅下面。我整个人被安全带一折为二绑在座位上，只能用脚尖把主要的东西踢拢在一起。糟糕，空姐走过来了，她用同情的眼光看了看我，蹲下身帮我把所有东西都捡了起来。我谢过她，不好意思地把它们塞回到包里。有意识地调整一下呼吸（吸气、呼气、吸气、呼气……），三分钟后，开始看《未写之书》（"单凭这样一副忧郁的神情，就足以让人的目光不由自主离开报纸边缘，转到这可怜的女人脸上……"）太可怜了，我开始哽咽，努力控制自己不要哭到涕泪俱下，否则就得到零乱不堪的包里去拿纸巾了。十分钟后，我筋疲力尽，沉沉睡去。

那天是 2 月 24 日，如果我的包里总放着这些东西的话，类似的悲剧早已发生过不下二十回了。有多少次，在没带够书看的恐惧感驱使之下，我饥不择食地差不多什么东西都读，什么事儿都做。

20 IX 98
Rue Drevet
XVIII

为什么要去读这些捏造的故事

Nausée

我再也不想看书了。这些人物、生命、云上的幻景，这些悲剧、场景、冒险经历，所有的一切肮脏也好美好也罢，都让我窒息。为什么要去读这些捏造的故事，追看写在纸上的旅行？为什么要满足于冒充的激情、假想的犯罪，这些寒酸的仿制品？我要真实地生活。我要逃离虚幻统治的世界！

好吧，先别激动，你只要读读科普丛书《我知道些什么》(*Que sais-je?*)，马上就会好起来的。

这样疯狂地读书是为了逃避什么？掩饰什么？还是为了弥补什么？是我的生活太空虚了吗？我的脑子里为什么装着这么多大同小异的书名，这么多刺耳难听的作家姓名，这么多错误百出的引用？为什么要买下无数本陨石般纷纷砸落的参考书？我受够了！

是的，够了，别再夸大其词了。有些人一切正常，每个星期要读上二十本书，而且印象深刻，不会在脑子里搅成一锅杂烩。不就是书看多了有点厌倦嘛，发什么脾气。去中部高原呆上一星期，断断奶，很快就会好起来的：每天追随斯蒂文森的足迹去散步（《骑驴穿越塞文山脉》，此书共一百九十三页），睡觉前拼命跳布雷舞，跳到累得快要晕倒，你就不会再想读书了。其实，也没必要把事情弄得那么复杂，一切客观条件都对你有利：蒂旺书店已经改成迪奥专卖店，贡巴尼书店也禁烟了。断了书粮，清新的泥土芬芳和健康的生活方式很快就会治好你的恶心腻味。

好了，做个结论：我的双眼生来就是为了看书的，双手生来就是为了翻书的，双脚生来就是为了跑书店的。那么，就让我用自己的脑瓜来分析我究竟老年痴呆到了什么地步吧！

读得太早，读得太晚

Trop tôt, trop tard

我从小学习成绩就不怎么样，连我继父都说："不是她求学，是学习求她。"尽管如此，在十岁到十五岁之间，我经历了一个读书的黄金时代。那时，我可以随意借阅家里所有人的藏书。我翻遍了雅克的《绿色丛书》[1]，好友蒙约莱父母的书房也是每天必定造访的地方。此外我还买下了所有的口袋本小说，那时新书少得可怜，总让我觉得很快就能把世上所有的书都完。

我永远都读不够，不放过任何一本听说过的书。老

---

1 《绿色丛书》(*Bibliothèque verte*)，阿歇特出版社 1924 年开始出版的少儿读物，因其绿色封面而得名。

师给我们听写了一段科莱特的文章，我立刻开始读她的《葡萄藤》(*Les Vrilles de la vigne*)；学了一篇拉伯雷的课文，马上找来他的《第四本书》(*Le Quart livre*)。不是吹牛，在同龄人里，我可能是唯一一个读过布瓦洛[1]的《唱诗班》的。当然，谁也没有强迫我读这本书，是我自己一时头脑发热，想要看看他写得怎么样。

妈妈好心劝告我说，有些书还没到年龄就别去看："你要看当然可以，但可能什么也弄不明白。"的确，十二岁并不是一生中最适合看《恶心》、《鼠疫》和《一个循规蹈矩的女孩的回忆》[2]的年龄，也不能对《圣经》和《古兰经》进行比较阅读。有一天，妈妈感觉到一场神秘危机即将降临（事实证明，这担心纯属多余），对我郑重宣告：

"你最好读一读《长夜行》[3]。"

1　尼古拉斯·布瓦洛（Nicolas Boileau, 1636—1711），法国诗人、批评家，讽刺诗《唱诗班》(*Le Lutrin*)为其代表作。

2　《一个循规蹈矩的女孩的回忆》(*Les mémoires d'une jeune fille rangée*)，法国作家西蒙娜·德·波伏娃的作品。

3　《长夜行》(*Voyage au bout de la nuit*)，法国作家塞利纳（Céline, 1894—1961）的处女作。

这项决定应该被载入家史，因为它影响了我的一生，我稍后会再回到这个话题上来。

那个年龄该读的书我也读了，《儿女一箩筐》（*Cheaper by the Dozen*）、《小妇人》（*Little Women*），等等。可是比起凡尔纳和大仲马来，我更喜欢布莱伯利、博尔赫斯和马特森。三十五年过去了，我突然想看《布拉日洛纳子爵》[1]，可惜已经太晚了。好在读《我们家和其他动物》[2]（法语书名被翻成了《岛国仙境》，真是不伦不类），现在还不算晚。这本书讲的是达雷尔一家在科孚岛居住时发生的故事，写得诙谐有趣：弟弟杰拉尔德确信二十岁的哥哥劳伦斯已经"无可救药"。

我看书没有遵循什么顺序，有的书看得太早，比如圣奥古斯丁的《忏悔录》，有些书又读得太晚，比如《黄

---

1 《布拉日洛纳子爵》（*Vicomte de Bragelonne*），大仲马的"火枪手"系列之一，《三个火枪手》和《二十年后》的续集。

2 《我们家和其他动物》（*My family and Other Animals*），英国博物学家杰拉尔德·达雷尔（Gerald Durrell, 1925—1995）的自传体作品，"科孚岛三部曲"的第一部。作者以幽默笔法回忆了在希腊科孚岛度过的童年时光，书中对岛居的动物有精彩详细的描述。

色房间的秘密》[1]，但我不觉得这有什么遗憾。总的说来，得大于失。因此，直到今天，我还能像个孩子般津津有味地读波伊尔（T. C. Boyle）的《水上音乐》和形形色色的游记。

---

1 《黄色房间的秘密》(*Le Mystère de la chambre jaune*)，法国作家加斯东·勒鲁（Gaston Leroux, 1868—1927）的著名推理小说，1908 年出版，是最早的密室推理作品之一，曾被多次改编成电影。

有备无患的同居理念

Doublons

 　　弗朗索瓦和我在同一个屋檐下生活很久了。我们各读各的书，也渐渐开始相信，两个人共同生活要遵守一些游戏规则，比如分清书本的归属，这很好地体现了我们的同居理念。一起生活的最初几个月，我一直保留着杜库埃迪克街的单身公寓。弗朗索瓦历经波折，终于在巴罗街找到了房子，可他也保留着杜邦·德·勒尔街的小公寓，一留就是好多年。我们不谋而合，都担心感情不够牢靠，一先一后地为自己留好了后路。接着，弗朗索瓦在我们小得可怜的新家里布置了一间书房。尽管一起生活了差不多三十年，但算起来，我们的书真正成为一家人，只是最近十年的事。还有许多书能在书房里找到两本。有的书，我们认识之前各自就有了。有的书，则是我们出于冠冕堂皇或难以启齿的理由，有意或无意地买了两本。我们品味各异，互相尊重（弗朗索瓦总不能把他看得书角卷曲、划满下划线的书拿给我看吧）。不用说，还有一个彼此心照不宣的原因：从一开始，我们就担心这份感情不牢靠，害怕最终会分手。如果每本书都有备份，万一闹翻了，也不至于因为书本打官司。他父母很赞同这种做法，送给我们每人一套七星文库的普莱维尔（Prévert）诗集。

诗集上的题词写的是："献给一对令人羡慕的夫妇"，可我们这"一对令人羡慕的夫妇"却随时会在我的哭泣和他的沉默中分手（发生重大事件时，我倒还能保持几分冷静，而他却会暴跳如雷）。这么说吧，如果西里亚尼（Ciriani）、安藤忠雄和瓦登霍夫（Vandenhove）[1]的书理应归弗朗索瓦所有，那么让·罗兰、奥利维埃·罗兰（Olivier Rolin）、西尔维·佩如（Sylvie Péju）、路易莎·琼斯（Louisa Jones）、让-雅克·萨勒贡（Jean-Jacques

---

1　西里亚尼、安藤忠雄、瓦登霍夫皆为建筑师。

Salgon）的书又该留给谁呢？

毫无疑问，如果用抽签来决定书的归属，结果肯定是我们俩冷血残酷或气急败坏地跳起来掐对方的脖子——虽然我们经常用抛硬币来解决某些矛盾："正面，我们回家；反面，留在这儿。"记得有一次，离假期开始只有两天了，我们还在犹豫不决。弗朗索瓦写了三张纸条，揉成团，放在他的黑帽子里。纸条上面分别写着：科唐坦半岛、侏罗山、巴斯克地区[1]。我随手抓了一个，抓到"巴斯克地区"——我最想去的地方。弗朗索瓦问我有没有注意到什么特别的地方。"当然，你把巴斯克拼错了。""那是我故意试试你有没有作弊。"他竟怀疑我，卑鄙小人！为这件事，我和他赌气，在热得令人窒息的巴黎又多待了一天，给他一个教训。

那年，我们避开了7月14号的交通大堵塞[2]，但还是没能跑出吉伦特省[3]，只好经由格里毕戎[4]和凯尔耐勒等

1 巴斯克地区（Pays basque），位于西班牙东北部，北临比斯开湾，东北隔比利牛斯山脉与法国相邻。
2 7月14日为法国国庆日，交通拥挤。
3 吉伦特省（Gironde），法国西南省份，濒临大西洋。
4 格里毕戎（Querry-Pigeon），法国西部滨海城市。

地，慢慢悠悠晃回了巴黎。

真希望永远都不必用赌博来决定书的命运。但是既然我们俩都能以平和的心态接受这种做法，就说明谁都没有坏到无可救药的地步，说明我们还可以共同生活下去。

半途而废的解脱

Désinvolture

过去，不管拿到什么书，我都能坚持把它读完，无论何时，无论何地，哪怕是在极其恶劣的环境里，我都能静下心来看书，并且绝非一目十行那样敷衍了事。直到五十岁，我才有所改变。五十岁的年纪，足以让我倚老卖老。书写得糟糕，我就把它扔在一边。电影没意思，我就提前退场。最近这场小小的病痛，更让我能理直气壮地挑肥拣瘦。

在此之前，出于基督教济世救人的教义，我宁可受尽折磨，也要坚持看完书本和电影的大结局。还有很多书稿，只要看上一段就知道写得平庸之极，但我还得耐着性子留在办公室里看完，就像传教士全力以赴拯救地狱中的罪恶。我坚持看完稿子，然后写上一封语气委婉但有理有据的退稿信。退稿信必定引发作者无休无止的辩解。在收到一百多封对我口诛笔伐的作者来信之后，我更加坚定了立场：从头到尾认真读完稿子，但退稿绝不留情，也不解释，省得再收到这样的信——

夫人，根据您提出的宝贵意见，我修改了稿件，随信寄上……

以前，哪怕在工作之余，我也尽量严格要求自己，即使读第一行就烦得要命，我还是坚持把书看完。后来，不知从哪里冒出来的勇气，如果一本书看了三十页还不能吸引我，那索性就把它撂在一边。有时候，这本书就被永远抛诸脑后了，也有时候只是暂时搁置。堆在床边的书就这样在漫长的等待中打发日子，等待更好的时机，等待另一个季节，等待有一天主人大发慈悲，或者一位巧舌如簧的求情者。

由于我的顽固不化，偶尔也会出现另一种较为罕见的情况：我把书暂时放下，因为它实在太好看了！但读书的时机选得不对。我会时不时地把它捡起来读一读，牵牵绊绊很多年。

也许正是出于这个原因，我直到三十五岁才读完普鲁斯特的大作。三十五岁才读普鲁斯特——虽说这也没什么好害臊的，但多少会带来一些不便。地铁里，度假时，冬日里，遮阳伞下，差不多有三十次，我下定决心要读完《追忆逝水年华》，但每次读到描写山楂树（山楂树还是蔷薇？我记不清了）的地方就卡住了。终于有一天，我越过了这个临界点。我自己也觉得奇怪：究竟为什么把普鲁斯特束之高阁那么久，而现在又奇迹般地立刻读完了？

我不再像苦行的修士那样读书，但事实上，只要跳过一个段落不看，哪怕一个小小的段落，我都觉得很为难。我也不会同时读好几本书：这本还没读完，那本又去看看。我总觉得，彻底的抛弃要比三心二意的背叛来得更忠诚一点。如果不喜欢，那就彻底扔掉吧，我会沉浸在巨大的狂喜中。这是一种解脱，与读完好书的快感相比，获得解脱的感觉还要棒得多。

le CANAL S.t MARTIN

25
II
90

漫漫长夜行：我和朋友们的约定

Le bout du bout

前面说过，在我十二岁时，妈妈为了避免一场神秘危机，要求我读《长夜行》（妈妈的精神世界始终是我无法进入的领域）。除了屋顶下藏着金条，家里还有什么算得上神秘危机呢？妈妈一向民主，这次竟然干涉我的自由，让我非常吃惊。我不愿接受这份"圣职"，管它是来自教廷还是妈妈。我当众宣布，永远不看塞利纳的书。

我离开父母独立生活的时间晚了点（跟我那一代人相比），所以直到二十一岁，才有机会开始奢侈的"长夜航行"。读不下去。一点都读不下去。可我新结交的朋友们（都是左派人物）竟然和母亲（右派）一样的死硬，顽固地逼我读这本书。真是噩梦般的经历。在巨大的压力之下，我发誓除非他们三个月之内不在我面前提塞利纳，否则我绝不读他的书。后来我不得不把这个期限一降再降。两个月。一个月。半个月。一星期。

三十岁。我不再顽抗了。说到底，没有必要坚守一个儿时的愚蠢诺言。我重新拾起《长夜行》——还是看不下去。什么感觉都没有。《长夜行》的一帮信徒和说客不断追问我的进展，我总是咬紧牙关避而不答，并且再给他们讲一遍圣女遭受酷刑坚贞不屈的故事。

一天，我向米歇尔说起读《长夜行》的坎坷经历，他建议我先读一读《催命》[1]，我被他说动了。为了保证万无一失，我郑重其事，特地挑了个周末来到阿摩尔滨海省最美丽的城市比尼克，开始读《催命》。读到描写穿越芒什海峡那段时，我笑得差点从矮墙上滚下来。我迈出了至关重要的第一步，与塞利纳绝缘的魔咒解除了。一回到巴黎，我就奔向《长夜行》（这本书我有三本，都是那些迫害狂朋友送的）。还是完全读不下去。后来，

---

1 《催命》(*Mort à crédit*)，塞利纳的第二部小说，1936 年出版。

我去听吕西尼[1]朗读《长夜行》的片段，很精彩，尽管表演的痕迹重了一点。我赶紧把书拿来。依旧读不下去。再后来，听说阿芒迪埃剧院（Théatre des Amandiers）正在上演马丁内利[2]执导的《教堂》——《长夜行》的前篇，我又跑去看，演得棒极了。回到家，我鼓足勇气捧起《长夜行》。我还是失败了。

四十岁。我在饭桌上对几个最要好的朋友说：既然你们喜欢我，又喜欢《长夜行》，就该把这本书读一遍，用录音机录下来给我听。一听这话，朋友们纷纷开溜。十年里，为了这本书，我做了无数次努力。努力，失败；再努力，再失败，就像毛主席教诲的那样。而结果变成了一出闹剧。我觉得自己已经荒废衰老，时间就这样一年年滑过。

五十岁生日。弗朗索瓦为我在阿尔美勒酒店举办了盛大的庆祝会。来的朋友有结交了一辈子的，也有的刚认识不久。大家多年难得一聚，连天气也来助兴：时值

1　法布里斯·吕希尼（Fabrice Luchini, 1951—　），法国知名喜剧演员。
2　马丁内利（Jean-Louis Martinelli, 1951—　），法国戏剧导演。1992年曾将《长夜行》前篇改编为舞台剧《教堂》（L'Eglise）。

7月24日，风雨大作，龙卷风之后又下起了冰雹。三分钟内，客人们都淋成了落汤鸡。之后，等我吹灭了生日蜡烛，所有朋友，包括小本杰明和小萨拉在内，都送给我一盒磁带——他们每个人亲自为我录了一段《长夜行》。

这真是个绝妙的主意。只可惜弗朗索瓦的组织才能欠佳，事先没做任何统筹。显然有五个人同时录了到达纽约和流产那一段，也有不少段落谁也没想起来读（"夜航图"上还有许多空白）。幸好，没能赶来参加生日宴的朋友们向我保证：他们一定会把那些漏掉的时段补上，录好给我。

就这样，我一共收到了六十多盒录音带。在克里斯蒂娜沉稳自信的朗读和西尔维惊慌颤抖的声音之间（"不，重来一遍，刚才念错了！"）我的心也跟着起伏荡漾。我舍不得对这些录音做任何剪辑或者拼接。任何选择对我来说都是悲剧性的取舍。

直到现在，我还是没有读过《长夜行》。

可这本书，我听过了。

书的另类用途

Livre à tout faire

有的书是用来占卜的：随手翻开《圣经》，信手一点，就能看到神谕了。3月1日，星期一，我点到了这样一句：

> 在时间的尽头，我，纳布科多诺索尔，抬眼仰望苍天。智慧又回到我身上。

那天早晨，天色灰蒙蒙的，我的记忆混乱模糊，神智似乎已弃我而去。我精神紧张，整个人坐立不安。看到这句来自上天的鼓励，我感激得直掉眼泪。

有的书是用来做投掷武器的（"该死的蚊子，我终于打到它了"或者"滚，滚开，我恨你"）。有的书被当成了钱夹，一张张百元大钞都往里塞。手头拮据的日子，我就把整个书架翻个底朝天。

有的书能预知命运：《赤贫的岁月》[1] 掉下来砸中了我的额头，这意味着什么呢？

有的书能指明旅行的目的地：5月，一个漫长周末的前夜，我们打开《阿特拉斯地图册》，翻到法国省份图，让地图册打起转来，伸出食指一点——滨海夏朗德省——不算是最坏的选择。

有的书非常实用，可以拿来支撑折叠桌向下翻折的部分（比如伊佐的《绝对基奥普斯》）。有的书可以放在咖啡桌上装装样子（就算我不这样干，别人也会这么做）。

有的书可以拿来逗乐：《人间喜剧》有厚厚的十六卷，每一卷的书脊上都印着作者姓名中的一个字母。大个子阿加特和弗朗索瓦各有一套，他俩经常把这十几本

---

1 《赤贫的岁月》(*Scènes de la grande pauvreté*)，法国作家西尔维·佩如的作品。

书的顺序打乱，将字母重新排列组合，然后互通电话报告自己的最新发现。于是，Honoré de Balzac 变成了 Léonard Achebez，Chloé Bazardone，Léon de Bazochar，Zorba le Nodaech，Zoé Blaconharde，Adela Chrobezon，Leone da Zorbach，Carlo Zebadehon……

有的书只是用来装点门面：比如等候室里的《利特雷词典》（这本书很常见，又特别重，没人会偷）。

有的书会被当成借口：如果心情郁闷，可以在下午茶时间借着还吉卜林的《原来如此的故事》（*Just So Stories For Little Children*）找女邻居聊天；外面大雨倾盆的时候，又想起来该为自己买几本拉塞尔·班克斯[1]的书。

差点儿忘了，还有一些书（通常是年鉴）是用来当坐垫的，小时候，在理发店或餐馆里，经常会有人往我屁股下塞几本年鉴。有的书可以训练仪态，往头上一放，我就立刻正襟危坐，端庄如同女皇。有的书能用来搁脚（仍旧是年鉴），我们经常在弗朗索瓦祖母的脚底下垫几

1　拉塞尔·班克斯（Russell Banks, 1940—　），美国小说家、诗人。

本书。有的书可以随手递给孩子，告诉他们应该向主人公学习，他们爱在书上怎么乱涂乱画都行。

有的书已经成为财富的象征。被我压在书桌玻璃板下的毕加索《格尔尼卡》(Guernica)复制品价格不菲。或许出于这个原因，尽管我所有的小开本、中开本，连同特大开本的画册全都在桌子底下堆得凌乱不堪，人们还是艳羡不已。这是个致命的错误：插花上的水珠滴到了《边角与花饰》上（这可是我哥哥的原创裱画）；百合的黄色花蕊玷污了居艾高的《无痛苦增肥》；帕斯卡尔·布瓦约绘制插图、埃内斯特·皮尼翁－埃内斯特[1]献词作画的《自然历史》，还有瓦朗蒂娜·拉·罗加、恩格利·奥尔兰以及西勒凡·萨罗莫维兹设计的贺卡，都被烟灰弄得灰头土脸，真是惭愧。不过，这些珍稀的宝贝只是脏了点而已，至少没有被埋没。

当然，还有一些书的命运，说起来就颇有些悲剧意味了：萨拉热窝人缺柴烧时，会把书打湿，压制成砖，

---

1 埃内斯特·皮尼翁－埃内斯特（Ernest Pignon-Ernest, 1942—　），涂鸦艺术家，法国城市艺术的创始人之一，作品风格另类，具有古典素描般的精致感。

他们就这样毫不犹豫地把铁托的书做了燃料。其他的书——尽管解体命运初现，尽管电力供应被切断，连电池、蜡烛都十分稀罕，尽管水和食品都供应不上了——萨拉热窝人还是舍不得就这样烧掉。

RUE
DREVET   seu

20 ix 98

书架上还有空地：实话实说

Culte et inculture

　　书架并没有被塞满，还留着一些空地。有的书被人借走了，有的书还没有整理上架，自然会留下空隙。但是，即使不算这些，书架上还是有空着的地方，可见我的文学修养还远远不够。在我的书架上肯定找得到《源氏物语》，莎士比亚的作品却一本都没有。

　　我的书架存放着一些机密读物和罕见珍本，也摆着不少无足称道的基础读物，可如果想从里面找出一本《神曲》，那就是白费心机。我不会摆出一副痴迷的样子对人说："假期里我要重新看一遍《情感教育》[1]。"我会

1　《情感教育》（*L'Education sentimentale*），法国作家福楼拜的名著。

217

直截了当地说："我要趁着放假去读一读《情感教育》。"米歇尔听到这话，肯定会大吃一惊。

　　在书的结尾才做这样令人羞愧的供述，这就是我的做派。如果在卷首就坦言自己学养不够，大家后来看到煞有介事列出的一串串书名，或许会不把我一开始的坦白当回事；而如果对这个问题避而不谈，大家准会以为，正因为不只是读过卡蒙斯[1]《卢济塔尼亚人之歌》的几个选段，我才会发现阿格里帕·欧比涅[2]的《悲歌集》这样的杰作。大家会愈发把我当成文学权威。但我能在自己的无知之上再施以诡诈吗？绝不！但即使我这样不顾难堪地坦诚相告也没用：每当我试图打破朋友们的错觉，告诉他们我的文学知识并没有他们想象的那么渊博，他们只当我在开玩笑或者假谦虚。他们不相信这是实话，

1　卡蒙斯（Luís de Camoens, 1525—1580），诗人、戏剧家，葡萄牙文学史上最重要的诗人，塞万提斯称他为"葡萄牙的珍宝"。著有长篇史诗《卢济塔尼亚人之歌》（Os Lusíadas），描述航海家达伽马远航印度的故事。

2　阿格里帕·欧比涅（Agrippa d'Aubigné, 1552—1630），法国诗人，其代表作为长诗《悲歌集》（Les Tragiques），共七卷，是全面描写宗教战争时期法国社会的史诗作品。

更让我觉得自己是在隐瞒真相、招摇撞骗。这种时候，书最令我沮丧。

　　究竟出于什么原因，某些如雷贯耳的名著我至今还没有读过呢？甚至连《尤利西斯》和《白鲸》这样受到顶礼膜拜的作品也没有？在某种程度上，也许正是它们必读经典的架子才让我敬而远之，因为越是必经之路，我越不愿意循规蹈矩，一段一段往下读。另外，倘若我们已经对一部名著的理论价值或者现实意义耳熟能详，就会失去那种使人真正沉浸到作品中去的平和心态，那种没有负担的天真、开阔与轻盈。

　　打开一本西默农的推理小说并不需要一种理想的阅读状态；但要开始读克洛岱尔[1]，这却是必要条件。可还没等钻进书里，敬畏感就已经攫住我的心。忧虑挥之不去，就像幽闭恐惧症发作了似的，令人痛苦不堪，我于是决定再等一等，等更好的时机（譬如去度假时），或者走背运的时候（生场大病，但不至于伤残），再去读

1　保罗·克洛岱尔（Paul Claudel, 1868—1955），法国诗人、戏剧家、外交家，曾出任出任驻中国领事，以其带有浓厚宗教色彩的诗剧著名。

那些世界名著。不读《长夜行》也许还有弗洛伊德式的理由，但一些该读的书一推再推，往后拖了几十年，并非因为孤陋寡闻，也不是缺乏阅读的欲望，而只是几种状态混合的复杂产物：愚昧的仰慕、头脑的僵化、迷信时机的怪癖。

话说回来，为什么要脸红、抱怨、懊恼，又何必沉溺于自我批判和鞭笞呢？我的未来一定还是前途光明的。

为了开始的结束

Épilogue en épi

　　写到这里，这本自传体的读书笔记该画上一个句号了。可是，勇敢点，安妮，结束意味着新的开始。很多东西忘了写，这没什么大不了，生活还在继续。

　　弗朗索瓦没有重新布置书房，我也没有把书整理好。

　　哥哥在酒吧碰到一个女孩，她正开始读安伯罗丝·比尔斯的《荒诞故事集》。哥哥问她这本书在哪里买的，女孩答道："就在那儿，在塞纳河边。"他立刻跑去——如果这书还能找到两本，那真是个奇迹！奇迹真的发生了。哥哥得意洋洋地把《荒诞故事集》还给我，笑意中透着狡黠。

　　朵朵告诉我，她有个朋友，每次翻开书都夹上一枚

221

书签，最后发现整本书夹满了书签。

几天前，我终于弄明白之所以喜欢有苦杏仁味的浴皂，是因为这气味和某种黏合书的胶水很相似。

佩雷克的《我诞生了》找不到了。佩雷克啊佩雷克，谁偷走了我的佩雷克？书又被偷了的想法挥之不去，让人知道又该笑话我了——我以前一直以为《百年孤独》被人偷走了，后来发现它就待在老地方（找不到的书通常会静静地躺在最抢眼的地方）。

我想要一间充满禅意的空屋子，一间没有书的屋子。

我想带上所有的书，离开伊夫里，回巴黎去。我想带着它们住进塞纳河边二百五十平米的公寓，最好在顶层，有一个宽敞的露台。反正是做梦，就美美地梦一场吧。

还有，我实现了一个多年的夙愿。说得具体些，我选择了向小资情调妥协。首先，用水彩直接在《托斯卡纳阳光下》每章开头涂画了一番，并且丝毫不觉得内疚；接着，借口送让娜生日礼物，用中国画颜料在科莱特的《动物的十二组对话》（*Douze Dialogues de bêtes*）和于勒·列那儿的《自然故事集》（*Histoires naturelles*）

上放肆涂鸦。明天，我也许会直接在书页上泼墨挥毫，谁知道呢？

我买下了《米德尔马契》，却一直没有读。在此期间，给我推荐这本书的卡特琳娜生了宝宝，搬到里尔去住了。

每次要把书前前后后翻上好半天才能找到上次看到哪儿，这太让人生气了！为了解决这个问题，我弄来一些可以重复使用的贴纸。贴纸的黏性不是很强，但用过一段时间之后，粘胶的一面会若隐若现地留下一些字母的油墨。多亏这些贴纸，在地铁里，我浪费在找书页上的时间大大缩短了。

在公共汽车、火车或飞机上看书时，我总是很难进入状态。以前觉得事出蹊跷，现在明白了：除了坐姿不舒服，原因还有很多，比如外面的风景太撩人。公共汽车上的座位经过专门设计，意图就是让乘客的身体尽量前倾，所以那时候最好暂别书本，紧紧伏在前排座位的靠背上。火车和飞机上配备搁板，目的也是要顶住乘客的腹部，识相的旅客不如干脆放下书本，观察观察周围的人，欣赏欣赏天空的云彩。在这种时候，弗朗索瓦才该给我念念米肖[1]的诗。

说到最后，我终于知道自己为什么要写这本书了：为了洗刷六七岁时一次刻骨铭心的耻辱。那次，老师布置了一篇作文，题目是《我最喜欢的一本书》。我全力以赴，在文章里描写了一本由于读得太勤而书角卷曲、书页疲软得像吸水纸的书。女教师在空白处用粗细相间的字体[2]写下了评语，字字鲜红："离题万里！"

---

1 米肖（Henri Michaux, 1899—1984），诗人、作家、画家，20世纪法国最伟大的诗人之一。作品包括诗集、散文集、游记和艺术评论等。米肖向往东方、佛教和神秘主义，广为游历，并利用毒品的刺激进行自我探索。曾到远东和中国旅行，著有《一个野蛮人在亚洲》。

2 原文 pleins et déliés，指一种书法风格。19世纪与20世纪早期的启蒙教育，儿童必须学习规范的字母书写方式。教师通常用钢笔书写这种正式的字体，竖笔粗厚（les pleins），曲线和圆圈纤细（les déliés）。

译后记

作为法国颇具盛名的瑟伊出版社的编辑，安妮·弗朗索瓦的工作就是和文字打交道，恰好读书又是她的兴趣所在、激情所向。对安妮而言，阅读构建了一种生存方式，书籍成为了她的生活重心。关于书本，安妮积累了形形色色的话题，许许多多个故事，于是便有了这本《读书年代》。

安妮与众不同的读书感悟，源于她对书本如孩童喜欢糖果般纯真自然、不带丝毫功利色彩的热爱。她无数次亲手迎来了书本的问世，在她眼中，书籍都被赋予了生命：它们有期待，翘首期盼着人们的阅读；它们有尊严，惨遭遗弃却生生不息；它们有味道，个中滋味，读者自知；它们有声音，侧耳倾听，皆成韵律。安妮将书本视为友人、亲人、情人，对它们观察入微，眷恋至深。

因为领略到了阅读的真谛，安妮从容不迫地捍卫着书籍的质朴本色，其文字的魅力在于尊重感官愉悦，运用丰富的想象，点醒了读者可能会忽略的细节。安妮撰写这本书的动力或许不在于创作本身，而是发自一吐为快的倾诉欲望。坦诚不意味着缺乏深度，安妮的深刻就体现在她对书本的真心关注和如实描绘之上。作为读者，她是幸福的，尽管案牍劳形，伤痛缠身，依旧无怨无悔；作为作者，她是成功的，因为她慷慨不羁，与读者分享着阅读的快乐。

安妮迷恋书本，可是这种迷恋并没有妨碍她对生命本真的体会。在讲述读书故事的同时，她也提到了她的亲人、爱人和友人，关爱惦念之情诚挚感人。安妮孜孜不倦地阅读，也许就是为了不断探索人性，感受生活。透过欢快诙谐的文字，我们看到了一颗敏感澄澈的心，有着妇人的沧桑和少女的天真，时刻散发出自信与诚挚的气质。因为聪慧而快乐，因为快乐而美丽，这样的女性着实让人羡慕。

或许是出于对安妮的景仰，我不禁也学着像她那样去品味书本，面前的这本《读书年代》，的的确确是一本好书，封面纯净含蓄，书页厚实细腻，因为漂洋过海，油墨香味渐渐淡去……书中共收录了五十二篇文章，短的寥寥数百字，长的也不过几千字，围绕着各自的主题展开，看似脱口而出，却在不经意间闪现出一个知识女性的智慧光芒。

值得一提的是，本书的法文书名为"Bouquiner"，除了阅读，还有搜罗古籍的意思。淘旧书是法国人的悠久传统，无论是塞纳河畔的小书摊，还是圣米歇尔大街边的著名书店，都有二手书出售，主题丰富，品位不俗。如果有足够的耐心，你也能像安妮一样，在层层叠叠的旧书中觅得心仪已久的宝贝。几次游学巴黎，目睹了法国人在拥挤的地铁中尚能专心阅读的情景之后，便觉得书痴爱书是再自然不过的事情。

还是那句话，只要人们喜欢安妮的书就好。

俞佳乐

2013 年 6 月 1 日

于浙江工商大学

著作权合同登记图字：20-2011-127 号

图书在版编目 (CIP) 数据

读书年代：带上所有的书回巴黎 / (法) 弗朗索瓦著；俞佳乐译.
—桂林：广西师范大学出版社，2013.9（2022.5 重印）

ISBN 978-7-5495-3664-1-01

Ⅰ. ①读… Ⅱ. ①弗… ②俞… Ⅲ. ①回忆录 – 法国 – 现代
Ⅳ. ① I565.55

中国版本图书馆 CIP 数据核字 (2013) 第 085403 号

广西师范大学出版社出版发行

　广西桂林市五里店路 9 号　邮政编码：541004
　网址：www.bbtpress.com

出 版 人：黄轩庄

责任编辑：曹凌志　雷　韵

装帧设计：陆智昌

内文制作：陈基胜　马志方

全国新华书店经销

发行热线：010-64284815

山东韵杰文化科技有限公司

开本：787mm×1092mm　1/32

印张：7.5　字数：85 千字　图片：14 幅

2013 年 9 月第 1 版　2022 年 5 月第 6 次印刷

定价：48.00 元

如发现印装质量问题，影响阅读，请与出版社发行部门联系调换。